成器

郭德纲

作品

湖南文艺出版社 HUNAN LITERATURE AND ART PUBLISHING HOUSE　博集天卷 CS-BOOKY　喜马拉雅FM 出品

图书在版编目（CIP）数据

成器 / 郭德纲著 . -- 长沙：湖南文艺出版社，
2023.10（2024.4 重印）
ISBN 978-7-5726-0738-7

Ⅰ . ①成… Ⅱ . ①郭… Ⅲ . ①随笔－作品集－中国－
当代 Ⅳ . ① I267.1

中国国家版本馆 CIP 数据核字（2023）第 177793 号

上架建议：历史·随笔

CHENGQI
成器

著　　者：	郭德纲
出 版 人：	陈新文
责任编辑：	刘雪琳
监　　制：	董晓磊
策划编辑：	张婉希
特约编辑：	张亚一
营销编辑：	张翠超　木七七七 _
版式设计：	潘雪琴
封面题字：	王　烁
封面设计：	尚燕平
内文排版：	百朗文化
出　　版：	湖南文艺出版社
	（长沙市雨花区东二环一段 508 号　邮编：410014）
网　　址：	www.hnwy.net
印　　刷：	北京中科印刷有限公司
经　　销：	新华书店
开　　本：	700 mm × 980 mm　1/16
字　　数：	215 千字
印　　张：	15
版　　次：	2023 年 10 月第 1 版
印　　次：	2024 年 4 月第 2 次印刷
书　　号：	ISBN 978-7-5726-0738-7
定　　价：	59.80 元

若有质量问题，请致电质量监督电话：010-59096394
团购电话：010-59320018

郭 论

目 录

郭  论

Guo Theory

序

平素不说不笑，人生难免无聊。

开心解闷有高招，老郭来报到！

听罢三坟五典，又听清炖红烧。

扎心的烦恼顿时消，原来是——老郭又出书了！

实话实说，写完《郭论》，我就感觉，过不了多少日子，还得再写书！

让我料中了。从打虎年起，又出了《谋事》《煮酒》和《成器》。有一句说一句，感谢各位读者朋友，大伙儿愿意看，我才有动力一直写下去。要是没您各位捧，就我一人天天自己看书，自己瞎琢磨，那多没劲哪！

从我本心说呢，我爱看书，也爱跟大伙儿用文字交流。我写，您看，这一来一回中间，您各位要是能对哪句话产生共鸣，咱也等于用文字交心了，说起来，这也算知音。

《谋事》，讲的是古人怎么办事儿。我常说，人是事儿磨出来的。不经事儿，人就成长不了。好多朋友跟我说办事儿多难多难，要我说，办事儿哪儿有容易的啊？皇上还得跟内务府斗智斗勇呢！大和尚还得应付逼婚呢！您看看书里这些古人的例子，是不是还挺有意思的？想成事，咱首先不能怕事儿，甭管事情多难，有枣没枣打三竿，您先试试。

《煮酒》，是我给您预备的吃货秘籍。什么上古的食谱、珍奇的食材、传说中的美味、美食界的终极秘密……样样都够馋出几条人命来。就拿于老师说，他最得意内蒙古草原来的羊肉！大块羊肉，下锅里炖，炖得咕嘟咕嘟直冒泡，左手一条羊腿，右手一碗二锅头，一吃，一喝，嘿！我都替于老师美得慌！

《成器》，讲的是人。很多人一事无成，不是他没本事，是他不懂得识人，缺乏与他人相处的能力。怎么识人呢？有句话说得好：观人于忽略，观人于酒后，观人于临财临色。

什么意思？咱们看一个人，怎么判断这个人是不是真诚呢？面对面讲话，人都有防备之心，说的未必是实话，您得观人于酒后，看他喝完酒后跟你说什么。喝多了，脑子放松了，平时不敢说的话，不好意思说的话，他都能说出来；观人于忽略，忽略就是下意识，他没注意你时说的话，是真话，面对面说的，都是脑子里想好了的，不可信；观人于临财临色，碰见钱了，这人怎么办？这儿来了个大美妞，打扮得花枝招展。美色当前，这人怎么办？这些小地方，最能看出一个人的真实性格。

为了不枯燥，我尽量用故事说道理，再穿插点儿包袱在里面。您呢，专拣那夜半更深、万籁俱静的时候，开瓶啤酒，叫把烤串，边吃边看，就当是你我二人围炉夜话！"绿蚁新醅酒，红泥小火炉"，咱们雪夜闭门，读书、鉴人，您觉得怎么样？

01

识人：人心弯弯曲曲水，
世路重重叠叠山

观人于忽略

观人于酒后

观人于临财临色

天为箩盖地为毯，日月星辰伴我眠。

什么人撒下名利网，富贵贫困不一般。

也有骑马与坐轿，也有推车把担担。

骑马坐轿修来的福，推车担担命该然。

骏马驮着痴呆汉，美妇常伴拙夫眠。

八十老翁门前站，三岁顽童染黄泉。

不是老天不睁眼，善恶到头报应循环！

各位读者朋友好，咱们又见面了。

《成器》的开头比较特别，咱先给大家来了一段定场诗。这定场诗呢，据说最早出现在元杂剧里面，人物一出来，先来这么几句。它的主要作用有两个：第一呢，是把这出场人物的身世背景交代一下，好让观众进入故事；其次呢，当时的曲艺演出一般都在茶馆酒肆里面，台下观众干什么的都有，吃饭的、喝酒的、聊天的……人声鼎沸！舞台上冷不丁出来一人就唱，下面观众也听不见，演员一时半会儿也进入不了状态。所以大家就在正式表演前，先来上几句定场诗，意思就是"请安静，演出马上要开始了"，和现在剧院、电影院提示您"请将手机关闭到静音状态"是同样的作用。

由于定场诗的效果突出，又别具文化特色，其他的传统曲艺形式也都开始借用，像评书、布袋戏开场，一般都有这个。

旧社会，民间艺人是"下九流"，属于社会最底层，这些人通常都没机会接受正规教育，文化水平不高，有些压根儿就是文盲，但他们也喜欢诗，很多人还尝试着自己写诗，有些诗还挺有意思。

说起来，我们今天把古诗的地位抬得很高，认为唐诗宋词都是阳春白雪一般的古典文学瑰宝，但古人创作这些诗词的时候，可能是很随意的。在人家看来，写一首诗，吟一阕词，就跟咱们现在写一首流行歌曲的歌词似的，只不过能流传到现在的那些诗词，大都出自大人物之手。

写诗，一般都是文人墨客触景生情、托物言志的风雅之举，但很多人，写着写着，小命就没有了。

有人就要说了，没错！宋江不就是浔阳楼题反诗，引来杀身之祸吗？

嗐，您说得也对，但我今天要写的还不是这种。说白了，宋江写反诗，那纯粹是自己找死。我今天要写的，是那些因为不善于识人，而在一首诗上丢了命的人，以及因为一首诗，就想要别人性命的人。

咱今天写的第一位，是大诗人王昌龄。

王昌龄，字少伯，有人说他是山西太原人，也有人说他是京兆长安（今陕西西安）人，这里的长安指的是长安县。唐朝长安城以中轴线朱雀大街为界，东边是万年县，西边是长安县，有人说，王昌龄的老家就在长安城的西城。

不论是哪儿的人吧，王昌龄都是公认的唐朝边塞诗人中的先驱者，他在文学史上的地位，称得上举足轻重。几乎每一部唐诗集里都会收录几首王昌龄的诗。"黄沙百战穿金甲，不破楼兰终不还。""但使龙城飞将在，不教胡马度阴山。"……您各位上学的时候，都背过这些诗吧？

这么优秀的边塞诗人，史书上关于他的记录却非常少，这是为什么呢？

因为他的官太小了。

唐朝的读书人想出人头地，一般要通过两种途径，一是参加科举考试，二是给当时的封疆大吏们做幕僚。

这两条路都不太好走。

有人可能不服，唐朝的科举不是已经很成熟了吗？考上了不是包分配工作吗？

我这么跟您说吧，整个唐朝，共举行了二百六十八场科举考试，共录取进士六千六百四十六人，平均每次录取二十五人，但赶考的举子数量又何止千万？您想，大唐招考一次公务员，那么兴师动众，最后才给这么几个名额，这录取率感人不感人？

王昌龄也曾经尝试去边关驻军部队找找机会，但军队系统偏爱武力值更高的年轻人，懂兵法的也行，王昌龄这种写流行歌曲的不吃香。反正一句话，一通折腾后，王昌龄只能回头继续走科举这座独木桥。

好在王昌龄是个学霸，几乎所有考试他都能通过，但通过考试就能有好工作吗？想得美！开元盛世，有能耐的人太多了，而官员的位置就那么几个，僧多粥少！你进士及第又如何？前面好几届的进士都还跟那儿排队呢。

所以，王昌龄虽然是个卷王，但国家给他分配的工作，也很一般，要么是校书郎（相当于国家图书馆管理员），要么是县尉什么的。好像那时候一个县一般也就几千人，治安工作、税收工作据说都得官吏自己下基层组织，天天净干些苦活儿、累活儿。

王昌龄，说到底，是个文艺青年，他的性格并不适合在官场混，仕途也一直不怎么得意。但您别看他一直是个芝麻小官，他的知名度可是很高，走红的程度一点儿也不亚于现在网络上的顶流主播。

开元年间，王昌龄、高适、王之涣三人到一个酒楼去喝酒。当时正好有几名歌妓在酒楼唱曲，三人便围坐在火炉旁听小曲。

歌妓们打扮得花枝招展，一个个轮流登台，唱的全是当时最流行的诗词。王昌龄、高适、王之涣三人于是就打赌，今天歌妓们唱谁的诗最多，谁就是优胜者。三人刚打完赌，就有歌妓唱了一首《芙蓉楼送辛渐》：

> 寒雨连江夜入吴，平明送客楚山孤。
>
> 洛阳亲友如相问，一片冰心在玉壶。

王昌龄一听，大为得意："这是我的诗啊。"

说完，他拿筷子头蘸着酒，在墙上画了一道，好用来计数。

紧接着，又有一个歌妓开口，唱了一首哀怨的歌：

> 开箧泪沾臆，见君前日书。
>
> 夜台今寂寞，犹是子云居。

这正是高适的《哭单父梁九少府》，高适心里也挺美，用手指头蘸着酒，也在墙上画了一道。

第三个歌妓引吭高歌，可把王昌龄美坏了，这位姑娘唱的是：

> 奉帚平明金殿开，且将团扇共徘徊。
>
> 玉颜不及寒鸦色，犹带昭阳日影来。

正是王昌龄的得意之作《长信秋词》！这个时候，旁边的王之涣脸上就有点儿挂不住了。这感觉就像现在的几个当红歌手去 KTV 唱歌，打开电脑一看，曲库里全是朋友的作品，就是没自己的歌。你说，让人家这脸往哪儿放？

王之涣赶紧就给自己找补："这些都是潦倒歌妓，唱的都是些下里巴人的破诗。"说完，他指着歌妓中最漂亮的一位说："如果她唱的不是我的诗，我此生再也不跟你们俩争高下！不过，如果是我的诗，你们俩就得拜我为师！"

旁边二人同意了，大家一起等了半天，那个最漂亮的小姐姐终于起身唱歌了：

> 黄河远上白云间，一片孤城万仞山。
>
> 羌笛何须怨杨柳，春风不度玉门关。

这是王之涣的《凉州词》呀！王之涣甫提多得意了："你们这群土包子，服不服吧！"

他们仨这么一闹，那些卖唱的女孩就过来打听了：你们这么有说有笑的，是因为什么呀？一问才知道，眼前站着的三位，正是自己刚唱过的诗歌的作者。这一下可了不得了，现场直接失控，整条街的小姐姐都扑过来要跟偶像贴贴。

这么一个唐朝顶流红人，最后是怎么死的呢？

安史之乱的时候，王昌龄归乡路过安徽亳州（一说濠州），在那里为刺史闾丘晓所杀。

这个闾丘晓在整部唐史里就出现过两回，第一回就是杀王昌龄，第二回出现，就是他被别人杀了，不过也与王昌龄有关。事情是这样的，在王昌龄死后的第二年，闾丘晓因为贻误军机，被宰相张镐处死，临刑前，闾丘晓还觍着脸向张镐哭诉："我家中有年迈的老母亲……"

张镐可是辅佐唐肃宗平定安史之乱的人！当朝宰相，那是何等机警，当下就反问："难道王昌龄没有母亲要奉养吗？"

撇开闾丘晓的死不谈，我们读这一段唐史时，难免感到困惑，这闾丘晓为什么非要杀王昌龄不可呢？这事儿透着蹊跷啊！闾丘晓跟王昌龄，无论生活还是工作，都没有任何交集，几乎不可能存在私人恩怨。因为得罪人这事儿，不是说您想得罪谁就能得罪谁。您想，北京总公司的前台想得罪上海分公司总经理，怎么得罪？王昌龄最高也就当到江宁县丞，闾丘晓时任刺史，而且两人的工作地点相距千里，肯定不是因为工作结仇的呀！

对于闾丘晓杀王昌龄的动机，直到元朝，辛文房才在《唐才子传》里做了总结，说王昌龄"以刀火之际，归乡里，为刺史闾丘晓所忌而死"。就是说，闾丘晓因为嫉妒王昌龄的才华，才将他杀死，这个理由已经被后世所认可。

王昌龄可能到死也没想到，自己一辈子都在努力写出好诗，到头来竟然死于这些诗歌上。

咱今儿写的第二位因为诗丢了性命的人，叫刘希夷。

刘希夷这个名字可能有人听着耳生，但他写过所有中国人都耳熟能详的佳句：年年岁岁花相似，岁岁年年人不同。

正是这千古名句，断送了卿卿性命。

就有人得问了，"年年岁岁花相似，岁岁年年人不同"这两句诗，我小时候还背过呢，作者明明是宋之问啊！老郭你是不是弄错了？

您别急，且听我慢慢道来。

众所周知，唐代是个极为开放的朝代，多元的文化背景造就了朝气蓬勃的盛唐气象，也养育了一个又一个伟大的艺术家与文学家。那是文艺的黄金时代！您就想：在那时的长安，您上街，能遇见画圣吴道子；您喝酒，能碰上诗仙李白。无论是在内地还是边塞，到处都有自由创作的氛围。在大唐的每一个角落，都有雄心勃勃的年轻人在规划自己的未来，施展自己的才华，这些年轻人最终都会成为国家各个领域的栋梁。

刘希夷就是一个典型的文艺青年。他热爱文学与艺术，对名利场不屑一顾，虽然二十五岁就进士及第，却对做官没有什么兴趣，反而一头扎进文学的世界，痴迷于诗歌创作，不能自拔。

但是呢，刘希夷的审美比较独特，他爱用古调写闺帏内容，尤其欣赏那种哀婉缠绵的感伤情调，与盛唐时期崇尚雄劲的时代潮流不符合，所以喜欢他的诗歌的人并不多。为此，心情沮丧的刘希夷常常借酒浇愁。

刘希夷的舅舅宋之问也酷爱诗歌创作。但他的想法与外甥不一样，他写诗的目的很明确，那就是要通过诗歌攀龙附凤，追求政治上的飞黄腾达。

宋之问素有才名，进士及第后，很快就被当时掌握实权的武则天召入皇家文学馆。宋之问这个人为了名利，那是相当豁得出去，他先是毛遂自荐，想要充当武则天的"男宠"，但武则天看不上他。他倒也不气馁，马上去媚附张易之。后来，宋之问又巴结上了武三思、太平公主、安乐公主等等皇族显贵，谋求上位，最后唐玄宗李隆基发动宫廷政变，诛杀了韦后、安乐公主等人，宋之问作为安乐公主的党羽，也难逃惩戒，到底被唐玄宗下诏赐死。

不得不说，虽然宋之问是个渣男，但他作起诗来，那是相当用心，什么"近乡情更怯，不敢问来人"，什么"桂子月中落，天香云外飘"……好多脍炙人口的诗句都是宋之问写的。但是，咱们前文说过，才华和人品可不成正比！一个居心叵测的人，越是聪明能干，他对社会造成的危害就越大。

话说公元 679 年的一天，刘希夷兴高采烈地来到了舅舅宋之问家。为什么这么高兴呢？因为他写了一首好诗，迫不及待地想请舅舅给点评点评，在这个单纯的青年心里，能获得舅舅的肯定，就证明自己在艺术上有了进步。

他带来的这首诗正是《代悲白头吟》。这个时候，刘希夷还是个名不见经传的文艺小青年，而宋之问已经是名满天下的大诗人了，他听到外甥说有首诗想让自己指点指点，也没往心里去："那你念念吧。"

刘希夷就开始背自己的诗，起初宋之问也没太当回事儿，谁想他越听越觉得不对劲儿，等到刘希夷念出"年年岁岁花相似，岁岁年年人不同"

时，宋之问"噌"一下坐起来，两眼放光，跟外甥商量："要么……你把这诗的版权送我？"

刘希夷是个老实孩子，一下没反应过来，拗不过情面，就答应了。

等他回家以后，左思右想，越想越心疼，自己这首《代悲白头吟》可是下了不少功夫呢，想必也是首难得的佳作，不然，已经著作等身的舅舅不会想要据为己有。

刘希夷越想越后悔，越想越舍不得。他是个老实孩子，以为谁都跟自己一样光明正大。第二天，他就直接去找宋之问，跟舅舅说，这首诗自己实在喜欢，送版权的事情要不就算了？舅舅那么多好诗，也不差这么一首。

刘希夷哪里会想到，自己的亲舅舅竟然会为了一首诗，命令家奴用土袋将外甥活活压死！还不到三十岁的刘希夷就这样死在了宋之问的手上！

《唐才子传》中十分肯定地说，刘希夷就是被宋之问杀死的，还描绘了杀人的具体细节："使奴以土囊压杀于别舍。"自唐朝以来，"年年岁岁花相似，岁岁年年人不同"这两句诗惊艳了无数国人，谁曾想到，这绝世好诗背后竟压着一个年轻的冤魂呢。

王昌龄、刘希夷都是因才华出众而遭人嫉恨，引来了杀身之祸，咱们接下来讲的这位，却是被才华出众的大诗人用一首绝句逼死的。

此人名叫关盼盼，是一位唐朝名妓。这个姑娘不但长得美，还很有才情，后来嫁给了工部尚书张愔做妾，也算是逃出了火坑。

本来都挺好的，姑娘从良了，而且张愔对她宠爱有加，按理说也算苦尽甘来了。谁料天有不测风云，张愔娶了关盼盼不过两年的时间，竟然不幸染病身亡了！

您想，关盼盼这个出身，在大户人家里做小妾，丈夫一死，她的日子能好过吗？许多人都以为她要重张艳帜，回到烟花场中继续卖笑。但这关盼盼是个重情重义的人，她决定为张愔守寡终身。这一守，就是十余年。

当年张愔在世的时候，为关盼盼修了一座"燕子楼"，专门用来金屋藏娇。张愔去世后，关盼盼十余年没有下过燕子楼，陪伴她的只有一名老仆，生活之艰难，不问可知。倘若没有意外，关盼盼或许就这样隐居终身了，可惜，有一天，意外出现了。

啥意外呢？

这关盼盼平时也没什么事儿，就弹弹琴，写写诗，诗歌多是缅怀故人的。这也没什么，打发时间嘛。偏偏就有个叫张绘之的人，手欠，把这诗给了白居易，让他给指点指点。白居易是张愔的好朋友，当年张愔请他喝酒，他还跟关盼盼有过一面之缘。当时在酒桌上，白居易还写诗赞美关盼盼："醉娇胜不得，风袅牡丹花。"酒局过后，白居易也就再没见过张愔，自然也没有再听到关盼盼的消息。结果这天张绘之带了几首诗给他鉴赏，白居易一看，诗句委婉清丽，不像是男人所作。白居易就说："这诗不像出自你的手笔啊。"张绘之回答说，这是关盼盼写的。白居易没再说什么，提起笔和了三首诗，和完，想了想，又附上一首绝句。就是这首绝句，最终要了关盼盼的命。

这首绝句写了些什么呢？

> 黄金不惜买蛾眉，拣得如花四五枝。
> 歌舞教成心力尽，一朝身去不相随。

这个用意就很刻薄了，话里话外都在暗示：张愔对你这么好，他死了，你不跟着吗？

说实在的，就算古人的价值观跟现代人不一样，这首诗也实在有点儿过分了。可能白居易还觉得自己挺讲哥们义气的，他可没想到，关盼盼不是一般的庸脂俗粉，这个姑娘的性格极其刚烈。白居易的诗送到关盼盼手上之后，她翻来覆去读了好几遍，然后泪流满面地对仆人说："张公死后，我也不是没想过要随他而去，但我怕若是这样做了，百年之后，人人都以为张公重色，死后还要爱妾追随。若大家都这样想，那就玷污了张公的清誉，因此我才在此偷生。"关盼盼哭完，写了一首绝命诗：

自守空楼敛恨眉，形同春后牡丹枝。

舍人不会人深意，讶道泉台不去随。

意思就是，老娘好好地在这里守寡，却偏有些缺德玩意儿问我："你俩之间如果有真爱，为啥不给丈夫殉葬呀？"

这首诗写完，关盼盼一连十多天水米不进，最终绝食身亡！

不知道白居易知道关盼盼自杀后是什么心情？史书上也没记载。

对于关盼盼的死因，咱再多说一句。这段文字记载来自《白氏长庆集·燕子楼三首并序》，在这篇序言里，记录了这个故事的前半部分，这个故事就此流传下来，不断被后人丰富，直到南宋计有功的《唐诗纪事》中，才有了白居易逼死关盼盼的说法。到底历史上有没有这件事儿，一直都是众说纷纭，咱们讲故事归讲故事，不能污人名声。对于这桩历史上有名的公案，咱们也尽可能把各种说法都提到，免得让读者产生误会。

写这篇文章是为了说什么呢？是跟大家交代一句话：才华和人品，可不一定成正比。

咱们在阅读文学作品时，容易陷入一个误区："你看这首诗写得真好，这个作者真是才华横溢，想来这人在生活中也是挺真诚、挺善良的吧？"

这可真不一定。

咱们看一个人，不能光看他说了什么，而要看他做了什么。人是有戒心、有面具的，两个人面对面说话，都难免有防备之心，精心雕琢过的文字，更不能当作评判别人的标准。

那拿什么当标准呢？

有句话说得好：观人于忽略，观人于酒后，观人于临财临色。

观人于忽略，忽略就是"下意识"，他不经意间流露出来的情绪，才代表了他真实的想法；观人于酒后，您看他喝完酒以后说什么、做什么，如果是真醉了，他说的话、做的事儿，可信度就要高一些；观人于临财临色，这儿遇见钱了，他怎么处理？这儿来一个大美妞，打扮得花枝招展，美色当前，他怎么处理？这些地方，最能看出一个人的真实性格。

最后咱再多说一句，如果您遇见什么大好事儿，甭管是彩票中奖，还是升职加薪，还是写出一首脍炙人口的好诗，您千千万万低调一点儿，因为很多时候，危险并不来自远方，而是来自您身边。人性有阴暗面，好些人啊，他就是见不得别人好。

02

成事：能受苦乃为志士，
肯吃亏不是痴人

忠厚传家久

诗书继世长

清圣祖康熙三十六年（1697 年），紫禁城又迎来了每三年一度的殿试。

明清两朝的科举制度大体不变，童生们先参加各省学政主持的院试，考中的被称为秀才。秀才去省会城市参加乡试，如果考中，就是举人了。

那位说了，我知道！举人再去参加殿试，考上了就是进士了！

错啦！在殿试之前，各省的举人得先通过会试。会试是由礼部主持的，一般在春天举行，所以经常被称为"春试"或者"春闱"。参加过会试，才能参加皇上主持的殿试。

殿试的考场一般设在紫禁城里，皇上亲自担任主考官，考生进了考场得先三拜九叩，然后才能发试卷。殿试的时间是一整天，从早考到晚，太阳落山的时候收卷子，过时不候。通过殿试的优胜者，就是进士。进士分为三甲，也就是三等。一甲一名，称为状元；一甲二名，称为榜眼；一甲三名，称为探花。

这里给您各位补个知识点：乡试的第一名叫解元，会试的第一名叫会元，殿试的第一名叫状元。如果有人能连续在乡试、会试、殿试中都拿到第一名，这可了不得了！这就叫"连中三元"！连中三元的人极少极少，有清一代，也只有屈指可数的几位"连中三元"的幸运儿。

话说这一年呢，有个从江苏徐州来的考生，名叫李蟠。李蟠出生在徐州，但他祖籍其实在河北真定，也就是今天的河北正定，说起来还是赵云赵子龙的老乡。老李家的先人为了躲避战乱，逃到了徐州，后来就在这儿落户了。

您一听这经历就知道，老李家应该是有点儿背景，要不然也没那个力量举家搬迁。您猜对了，他们家是书香门第，家学渊源。李蟠的祖父就是明朝天启年间的举人。李蟠自己也是天资聪颖，从小就带出来了，是个有学问的样子。但是，聪明不一定考试就顺利。晚唐大才子罗隐，一辈子"十上不第"，考了十回都没考中。李蟠比他强点儿，三十六岁中了举人，四十三岁这年，他终于进了殿试。这个成绩，放在唐朝算优等生，但是在明清来说，不算突出。

不管怎么说吧，跟头把式也算进一回宫，见一回皇上了，怎么着也是件露脸的事儿。考试前一天，李蟠也跟别人一样，精心准备各种考试用品。别的倒还好，笔墨纸砚准考证，尺子圆规三角板，他都带好了。唯独在带饭这个问题上，他犯了难了。

咱先说明白了啊，殿试不管饭。考生能在紫禁城里待上一整天，但是吃饭问题你得自己解决，皇上家不给你预备饭。现在好多大老板都把这手儿学走了，大处不省小处省，谈买卖两三千万，一歪歪嘴就给出去了。员工想多报个二三十，他能把员工骂得狗血喷头。

扯远了，咱们说回李蟠，他怎么就犯难了呢？

原来李蟠这人啊，饭量大，特别能吃。别看是个读书人，寻常的庄稼汉未必吃得过他。把拉磨的驴叫过来，比吃饭，不见得能赢他！

这可怎么办呢？不能明天带个厨子去考试啊，保和殿里也不让开伙啊。李蟠想了想：干脆，我带上一口袋馒头考试去吧！

馒头这东西，现在是最普通、最平常不过的吃食了，什么人都能吃上。也就因为这个，好多人都不重视。前些年还有新闻，说大学生吃馒头的时候，剥了皮吃，连带学校、家长都跟着他挨骂。我在这里多说一句，粮食都是农民的血汗，也不光是粮食，天生万物以养人，只要是给人吃的，都不能浪费。不知道你们怎么样，反正我挺爱吃馒头，尤其夏天，北方人不爱在家里开伙，蒸一锅馒头，一家人能吃好几天。拌点儿黄瓜，切点儿青椒，放点儿虾米，再放点儿葱，配上一碗稀饭，早中晚三顿都吃不腻。吃不完，剩下了怎么办？切馒头片啊，裹上鸡蛋液，温火慢炸，炸得外酥里嫩，撒点儿盐。再切点儿腌黄瓜，剥俩咸鸭蛋，择点儿小葱、生菜、蒲公英，配上豆瓣酱，说实在的，我说着都咽唾沫。

但到了考场上，你就不能这么讲究了。参加殿试，皇上在上边主考，你在下面，书桌摆得跟八卦阵似的，这边炸着馒头，那边配上三十多样菜码？皇上非得按刺王杀驾的罪名给你镇压了不可！一般考生无非就是带点儿干粮，顶多弄块咸菜，也就了不得了。

那李蟠带了多少馒头去考试呢？三十六个。

您想象一下，三十六个馒头塞嘴里，是不是感觉有点儿噎得慌？

李蟠背着一大包馒头进考场，负责安检的官员可犯了愁了。殿试总共就考一天，考生带三十多个馒头来考试，换谁维护考场纪律，看见这堆馒头都得觉得别扭，考场严禁夹带，所以相关负责人得把每个馒头都掰开，看看里面有没有藏着小纸条什么的，可怜这群官员，都顾不上干别的，光掰馒头就掰了一早上。眼看馒头被掰得稀碎，查不出什么古怪，李蟠这才被放行。

折腾半天，这试总算是考上了。

有民间传说，说李蟠在考场之上放声痛哭，把皇上给招来了。皇上问他："你为什么哭啊？"他说，如果自己才能不够，不会答卷，他绝不会哭，偏偏这题目问到他心缝里了，他特别想多写一点儿，可时间不够了，他心里委屈，才失声痛哭。康熙皇帝听完，顺手把他的卷子拿过来一看，发现他在治水方略上颇有独到之处，深合自己的心意，于是龙颜大悦，当场下旨，准许他不必再考。就把他已经写好的卷子上交，还钦点他做了状元。

这个传说多少是有点儿不合理的。按照当时的规定，考生完不成卷子的，名次直接落在三甲之末，也就是说，写不完卷子直接最后一名，但你也算是有功名了。况且李蟠当时好歹也是个四十多岁的人了，不至于那么玻璃心，为个卷子就当场痛哭。李蟠其实是一个心理素质极为过硬的狠人，这个咱们待会儿再说。

不过，传说中有一点说得是对的，李蟠的治水方略确实写得不错，此外，他对军政、吏治的见解也非常独到，康熙皇帝对他很是欣赏，钦点他为一甲进士第一名，也就是状元！

明清两代，徐州府只出过李蟠一个文状元，这是何等的荣耀！不过李蟠带三十多个馒头去应试的事儿也传出去了，坊间都戏称他为"饽饽状元"。

康熙三十八年（1699 年），李蟠被钦点为顺天府乡试主考。走后门、托关系的人乌泱乌泱来了一大堆，其中不乏当地背景过硬的世家子弟，可是李蟠这个人出身清贵，高风亮节，不肯向权贵低头，只凭卷面成绩录取考生，那些求他帮着走后门的人都被他撵走了，自然也就对他怀恨在心。

应该说李蟠是很善于识别人才的，他主持的那一科里，出了不少栋梁之材。其中最著名的，就是日后的三朝老臣、军机首辅，帮着雍正"改土归流"的盛世名臣鄂尔泰了，但是李蟠本人并没有因此得着好，反而招来很多人的诬陷。有那落地的生员到处散播流言蜚语，说李蟠徇私舞弊。这事儿闹得满城风雨，最终李蟠被判充军三年。

三年以后，他回归故里。康熙知道他的冤屈，南巡时还想再次起用他，但李蟠不想再在官场里打转，婉拒了。李蟠的后半生一直在徐州，每天吟诗作赋，颐养天年。雍正六年（1728 年），李蟠去世，享年七十四岁。

您想啊，一个能顶住压力拒绝受贿的政府官员，一个被人诬陷、充军，还能活到七十四的人，他能是个心理脆弱的人吗？所以我觉得"李蟠在考场里号啕大哭"，应该就是个传说。

像这样的传奇状元，清朝还有一个，这位状元名叫毕沅。

跟李蟠比起来，毕沅不但脾气好很多，运气也好很多。他的时代略晚于李蟠，乾隆二十五年（1760年），三十一岁的毕沅状元及第。

毕沅是江苏太仓人，自幼丧父，母亲张藻独自把他带大的，这玩意儿也邪了，历史上，光棍儿爹带出来的孩子，整体上就不如寡妇老太太带出来的孩子有出息！自幼丧父的名人，不用动脑子，就能说出来好些个，什么孔子、孟子……可是自幼丧母的名人，我想来想去，也就想到一个汉朝的黄香。"汉黄香，九岁温席奉亲"嘛，这咱们背得熟啊！可是《八扇屏》里面要是不写，恐怕我都不知道黄香是谁。

书归正传，毕沅虽然出身于单亲家庭，却从小就受到良好的教育。他的母亲张藻很有才华，会写诗，会做文章。后来毕沅中了状元，母亲还写了一首长诗："不负平生学，弗存温饱志；上酬高厚恩，下为家门庇……"这首诗被乾隆爷看见了，大为赞赏，后来张藻病逝，乾隆爷还特赐御书"经训克家"，意思就是表彰老夫人，感谢你为国家培养了这么优秀的儿子。

不过，毕沅虽然打小就聪明，却有一个缺点：字写得一般。

清朝的科举考试，极其重视书法，考生最好写得一手"黑大圆光"的馆阁体。要按这个标准，毕沅是绝无可能成为状元的，因为字写得不行啊！可是人的运气要是来了，那真是挡都挡不住。毕沅的官运很旺。咱前面说李蟠，四十三岁才点了状元，做了官，干了两年多，就让人家给刷下来了。毕沅呢？二十四岁中举，然后就以举人的身份被任命为内阁中书。

那位说，这也太邪行了。进士都没考上呢，这就入阁拜相了？

您别让"内阁中书"这四个字给骗了。的确，内阁中书这官要是放在唐朝，那确实是宰相的意思。但这个官职放在清朝，就是个笔录员。您想想这事儿多邪行，毕沅的字写得其实一般，偏偏就被选进中央，给领导抄文件去了。

这还不算什么，内阁中书没干几天，毕沅又被提拔为军机章京。

您都知道，清朝有军机处，最早是由雍正爷设立的，毕沅这军机章京是干吗的呢？就是从各个管事儿的衙门抽调出一部分官员，让他们在军机处兼职，给军机处的领导做文秘工作，之前的差事也不能撂下，该干还得干。

虽然本质上就是个秘书，但是军机处是能通天的部门，能跟军机大臣们说上话，基本就可以影响到国家的方针政策了。毕沅当上军机章京的时候，才二十多岁，这官运，实在没法说不旺。

然而这对毕沅来说，还仅仅是个起点。

您各位都知道，自打有了科举制度以后，官员们就特别讲究考场上的出身。状元、榜眼、探花出身的官员，走到哪儿都是万众敬仰的。但凡是进士出身，你在官场就能抬得起头，反过来说，如果你在科举上不得意，就算你当了宰相，别人背后还是会议论你，说你只是个举人出身，你在官场上还是抬不起头来。比如，左宗棠不就为自己的举人出身耿耿于怀了一辈子嘛。

所以，毕沅虽然都当上军机章京了，但还在积极要求进步，到了大比之年，该备考还是要备考。也不光他一个人备考，那年参加殿试的军机章京，除了他，还有两位有名的才子，一位叫诸重光，另一位叫童凤三。

那位说了，"近水楼台先得月"嘛，他们这已经在官场里混了几年的人，考试的时候能不能占点儿便宜啊？

这您就算问着了，毕沅还真是沾了工作的光。当然，考试题目他们是不可能提前看到的。甭说他们了，军机大臣也不知道考题是什么。这些题目都是严格保密的，主考大臣直到考试前一天晚上，才将试题呈给皇上，皇上批准之后，再连夜叫人在内阁大堂排版、印刷。换句话说，除了皇上、主考、负责监督的御史，以及排版、印刷的工人，没人知道这考题是什么！

那毕沅是怎么占着便宜的呢？咱刚才交代了，参加这一科殿试的军机章京不是有三个吗？他们仨不但要准备考试，手里的活儿还不能放下。那时候没有为考试请假这么一说，眼看着明天就要考殿试最后一场了。头天晚上，这仨考生还得值夜班。

诸重光、童凤三就出主意了："小沅啊，夜班其实也没啥事儿，我看也没必要一耽误就耽误仨，有一个人给盯着就行。今儿晚上你就辛苦辛苦？"

毕沅肯定不乐意啊："凭什么就得是我呢？怎么不耽误你们啊？"

"你看你看，说这个就没意思了吧？科举啊，你我都明白，场中莫论文。考官看的是书法，文章嘛，谁能比谁强多少？关键字得好看！也不是我们哥俩说大话，我们这书法水平，要说天下第一第二，那是吹牛，可要是赢你，那还有富余。你就受受委屈，成全了我们哥俩呗，你也落份人情不是吗？"

这话其实就带着威胁。按理说，他们仨现在是平级，谁也拿捏不了谁。可是诸重光、童凤三的书法确实很好，尤其诸重光，做状元的概率很大。毕沅也知道，论书法，自己是比不过这两位的。几乎可以预料，自己的名次会在诸、童二人之后。既然局面已定，还不如做个顺水人情，毕竟自己未来的前程可能还得指着这俩人。

没有办法，毕沅只能忍气吞声，一个人去值班了。

有道是"屋漏偏逢连夜雨"。你这儿越想清闲一会儿，偏偏军机处的事儿还就越多。当晚，陕甘总督黄廷桂给朝廷上了一道折子，讨论关于新疆屯田的问题。这是国家大事，得小心备案。毕沅不敢马虎，对着这道折子详细研读了一番，前前后后想了各种应对的方案，直到天快亮了，他才跟人交了班。

此时也没时间好好休息了，他匆匆赶到保和殿去考试。考官发下卷子，毕沅打开一看，考题上端端正正印着四个大字——"新疆屯田"。

毕沅差点儿没乐出声来，这怎么说的呢？要不是昨天还在军机处上班，我还真以为这题是我自己出的呢。

咱前面交代过，刻卷子的地点，是内阁大堂。内阁大堂在太和门外，军机处的值班房是在隆宗门内，这俩门直线距离也就一里多地。可你要想穿过去，得先经过三大殿：太和殿、中和殿、保和殿。换句话说，想作弊偷看考题，你得先过好几道关卡。毕沅这种小秘书根本不可能做到。

肉都给你塞嘴里了，你就嚼呗。毕沅不假思索，挥笔就写，洋洋洒洒数千字，写得酣畅淋漓！写完了，拿起卷子还看了两眼："很好，很好。"这不废话吗？拿着时事政治的最新资料学习了一宿，能不好吗？

他这份卷子交上去，考官们看到了也不禁啧啧称赞，觉得这个考生胸怀天下，又很务实，对当时新疆的情况了解得非常透彻。只是毕沅的缺点依然存在，他的书法平平无奇，不大入考官的眼，众考官商量了半天，决定给他暂定个第四名。

为什么说进士都是天子门生呢？除了主考大人就是皇上本人，最终的名次也要经过皇上的认可，才能定下来，如果皇上觉得考官们拟得不对，皇上是享有一票否决权和最终解释权的。乾隆爷把一甲前三名的试卷逐个看过，觉得都有些华而不实，虽然书法很好，但对于治国理政，实在没什么大用。

等看到一甲第四名的卷子，皇上一看就爱上了，高兴得直拍大腿："好！这小伙子好！很实在！"马上御笔钦点，把这份卷子改到一甲第一名。

毕沅就这么被点了状元！

之前自负书法过人的诸重光、童凤三，最后只能分列一甲第二名、二甲第六名。

这件事儿传出去，人们都说，毕沅是因为忠厚得福。

咱说这故事，不是让您各位相信命运。李蟠为人所称道的，并不是他考中状元，也不是他吃得多，而是他刚正不阿，忠诚耿直。毕沅能考中状元，是因为他工作认真，一丝不苟。您请想，如果那天晚上，他只顾着怨天尤人，工作不专心，怎么会看到那份奏折，怎么会研究一晚上？能受苦乃为志士，肯吃亏不是痴人。一个人能不能成事，关键还得看自己。山阻石拦，大江毕竟东流去；雪辱霜欺，梅花依旧向阳开。

03

官场：江湖游侠显神威

文能提笔安天下

武能上马定乾坤

秦桧，您各位都知道，害死岳飞的那个奸臣嘛。

小时候，听老先生讲过一个故事，说的是秦桧被人碰瓷儿的事儿，还不是在秦桧郁郁不得志的时候，是在他已经当了宰相，官居一品的时候，被人碰了瓷儿！当朝宰相硬让一个愣头青给讹了！关键是，还讹成了！

这是怎么回事儿呢？

故事发生在扬州。话说扬州太守这天正在衙门里办公，忽然有人拿着一封介绍信来找他。这人说了，自己手里这封信是当朝宰相秦桧给开的，希望太守帮自己找个工作。

太守一听，秦桧的人，那谁敢怠慢啊？！都知道这主儿的手段！连岳大帅都死他手里了，谁敢得罪他啊？！再一个，好歹这也算公事，不能马虎。

那位问了，这也算公事吗？算。

古人当官，不是非得通过科举考试。有内部人士肯举荐你，你也能做官。但你这官如果不是考来的，难免被人看不起，今后在工作中势必会受到同僚的挤对、上级的蔑视。而且，未来即便你干得再好，史书上给你的评价也不会太高。可是话说回来，有些人就是考不上啊。学习不好，还想当官，怎么办？只好走内部举荐的路子。

秦桧作为当朝宰相，举荐个把小弟做官，自然不在话下，但是相关部门接受上级领导推荐过来的人才，总要走走流程，看看履历。太守就整理好衣冠，非常正式地把这封"秦桧"给开的介绍信接过来了。

拆开一看，太守傻了，因为这封信是假的。

太守是怎么看出来的？原文没写，咱们盲猜一下吧。

以前我给大家交代过，秦桧其实是非常有名的大书法家，写得一手好字，尤其是篆体字，端庄秀美，广受专业人士好评。咱们这位太守也是文化人，可能他认识宰相的笔迹，说不定就是因为信上的笔迹不对，太守才起了疑心。

当然，介绍信也有可能是由下属捉刀代笔的，宰相工作那么忙，不可能事必躬亲。也有可能是这封信的落款不对，或是格式存在问题。不管怎么说，反正太守已经百分百确定这封信是伪造的了。

鉴定完毕！推荐信是假的，后面该怎么操作呢？

可惜史料里没有记下这位太守的名字啊，要不然我得好好研究研究他，这正经是位高人，会办事儿。太守当下心里就有主意了：拿信这人，肯定不能放走，这是犯罪嫌疑人呀。但他并没有声张，非但没声张，还让人去取了五百两银子，连同这封推荐信一起送到了秦桧府上。

为什么这么干呢？这就等于在跟秦桧表忠心了：相爷，无论这个人是不是您举荐来的，我对大人您都是非常尊重的！这次送来白银五百两，给您老人家表表孝心，顺便让您知道，有这么个事儿。

这五百两银子，秦桧最后到底要没要，太守后来有没有被提拔，这些，书上都没写。不过，有一点可是写得明明白白：秦桧的确从来没写过这封介绍信，找扬州太守要官的这个人，他也压根儿不认识。

但是，秦桧也没有点破。非但没点破，他还立刻让人给这个骗子安排工作，硬生生赏了骗子一个官做。

就连秦桧身边的人都看不懂他这些操作了！秦桧的随从就问他了："相爷，这人碰瓷儿都碰到您脑袋上了，怎么不给他治罪，反而让他当官啊？"

秦桧手捻胡须，莞尔一笑："这人啊，我也惹不起。此人明知老夫的手段，还敢以身犯险，还差一点儿行骗成功了，这就是有勇有谋之人。骗官在本朝不是死罪，若把他放出去，此人也许投靠金人，也许南入百越，日后必然会酿成大祸。我现在用官位把他束缚住，为的是给国家除灾免祸。"

我记得作者写完这段故事后，还评价了秦桧几句，管他叫"奸中之雄"，拿他比曹操！言外之意是：秦桧这人铁定是大奸臣没跑了！但是，他也确实胸有丘壑，是一个了不得的枭雄。

这件事儿是真是假呢？不好说，因为事儿虽是宋朝的事儿，但这个故事却出自清朝人笔下。这个故事被收录在《锄经书舍零墨》中，很多人都认为故事对秦桧性格的刻画很是贴切，所以很有可能是真人真事儿。不过，咱们今天要谈的还不是秦桧，而是那个敢碰秦桧瓷儿的狠人。

不少人都觉得这主儿胆大妄为，一身江湖气，颇有游侠之风。一般人谁敢奓着胆子办这么大的事儿？这可是把脑袋别在裤腰带上的勾当！

那么这种人究竟能不能做官呢？历史上有没有那种快意恩仇，江湖气十足的人，最后当了大官呢？

今儿咱就研究研究这个课题。

说起侠客当官啊，马上就得有人说："吴六奇啊！吴六奇不就是侠客，后来又当了官吗？"

嗐，我跟您说啊，小说是小说，历史是历史。《鹿鼎记》里确实有这么一位，"雪中铁丐"吴六奇，小说里面的吴六奇不但武艺高强，性格豪爽，义薄云天，还是一位反清复明的斗士。但现实生活中的吴六奇并不是这样，这位早年确实混得不太好。但吴六奇当过乞丐吗？至少现存的史料里没有这方面的明确记载，而且，真实生活中的吴六奇一辈子都在替满人打天下，从未从事过"反清复明"的活动。回头有机会咱们单拿出一个章节来写他。

吴六奇肯定不算了，还有哪位当了官的江湖游侠呢？

又有人说了，徐庶徐元直，他得算吧？人家《三国演义》里写了，这人年轻的时候为了给朋友报仇杀过人。徐庶在刘备手底下当过军师，后来当了魏国的御史中丞，这可不就是江湖游侠做了官吗？

徐庶也不能算真正意义上的侠客。徐庶年轻时确实为朋友报过仇，但他有没有杀过人？会不会武功？史料上并没有明确记载。说他杀过人什么的，那是《三国演义》里面写的，我们都知道，《三国演义》是小说，咱们不能把它当正史看。

那正史上有没有写过这样的人呢？

有，今儿咱就讲一个。

北宋初年，在濮州鄄城（今山东省菏泽市鄄城县），有一位才子，此人姓张名咏，表字复之，号乖崖。他是太平兴国五年（980年）考取的进士，后来一路官拜枢密直学士、礼部尚书，称得上朝廷栋梁了。

这个人年轻的时候"好书击剑"，他家穷，估计父母也没能力管他，所以他从小性格乖张，不拘小节。成天淘气惹祸自不用说，还有个毛病，爱说大话，老给人家"拔创"。

稍微大点儿以后，孩子知道害臊了，虽说爱说大话的老毛病还有，但孩子好歹知道自己大了，该学点儿什么了，找了老师，每天勤勤恳恳地学习剑法。

那位问了，小张跟别人动过手吗？

可以明确回答，动过。不仅动过手，他还杀过人。

您各位都知道"水滴石穿"这个典故吧？关于"水滴石穿"的文字记录，最早见于《汉书·枚乘传》。但最早把这四个字用上的人，正是咱们这位张爷。

当初咱们张爷在湖北崇阳县当县令的时候，工作态度很是认真，有一天，张爷带着手下去盘点库房。当然了，这种活儿肯定不用他亲自干，哪儿有县太爷拿着账本一篇一篇对账的？无非就是摆张桌子往这儿一坐，等着手底下人上他这儿来报账，对报上来的数字核查一下就行。

正看账本的工夫，张爷无意间抬头拿眼一扫，忽然发现库管有些不对劲儿。

不对劲儿在哪儿呢？在他鬓角的地方。这位掌管钱库的库管，不知为何，鬓角处贴了一枚铜钱。

那位问了，铜钱又不是膏药，哪儿能贴头上？您问对了，他头上戴着顶帽子，帽檐这儿压着一枚铜钱，藏着半拉，露着半拉。很明显，这不是无意中夹带上的，而是故意藏在帽子里，没藏住，掉出来一半。

张咏当时就不干了，让手下人把库管给拎过来："说吧，头上这钱是怎么回事儿？"

管库开始还不承认，非说是无意中蹭上的。

"蹭上的？"张咏这脸就阴下来了，"你要说是一张纸，一根草，一块棉花，蹭上也就蹭上了。铜钱，铜的，蹭得上吗？！"

库管还犟嘴："回大人，卑职忙来忙去，鬓间出汗，它就贴上去了。"

"你库里那钱都挂哪儿？吊房上？怎么那么寸，还贴进帽子里半拉？说实话！"

话都说到这个份儿了，不招也不行了。库管这才承认，说自己看地上有一文钱，顺手捡起来，塞帽子里了。

这位嘴上跟张爷解释这文钱的来历，心里可是完全没当回事儿，心想：一文钱，你能把我怎么样？最多骂我一顿呗。

没想到张咏听他说完了，抬手一拍桌子："左右！"

"有！"

"拉出去！给我杖打四十！"

库管一听，当时就不乐意了。刚才还老老实实在地上跪着，这会儿把腰一挺，把眼一瞪："大人！您过分了吧！我就拿了一文钱，您就打我四十杖？！"

张咏呵呵一笑："打你怎么了？打你我还得看日子吗？"

"行。"库管也笑了，"您敢打我，您还敢宰了我吗？"

两人这就算是戗起来了。其实库管说得也没错，按当时的法律，一文钱是不够量刑的。为一文钱打人四十杖，高低有点儿过了。也是这库管命中该绝，他是完全不了解张咏的性子，张咏可是个吃葱吃蒜不吃姜（将）的人啊。他不戗张咏，这事儿也就过去了，他这么一戗，张咏怒极反笑，众人但听仓啷一声，就见县太爷张咏把佩剑抽出来了。

县令，在古代的编制里是文官，天下没有上班佩剑的县太爷！唯独张咏，走哪儿都随身带着宝剑。您从这儿就知道这人什么性子了。

一群衙役吓得呆若木鸡，张咏执剑在手，说出一段道理。书中原文摘录如下："一日一钱，千日一千，绳锯木断，水滴石穿。"

这都不用翻译，您一看就懂。你一天拿国家一文钱，一千天就拿国家一千文！绳子能把木头磨断了，水能把石头滴穿了，再微小的贪念，日积月累，也会变成祸患！

说罢，张咏手起剑落，库管人头落地！

一时间整个库房鸦雀无声。摊上这么一个领导，谁不害怕啊？尤其是库管们，都快给吓尿了！当然，人不能白杀，张咏再横，也不能藐视王法。最后他自己主动上书朝廷，算是投案自首了吧。至于朝廷怎么做的处置，史料上没有详细记载，不过有一点可以肯定的是，他没有受到非常严厉的处罚，否则以后做不了那么大的官。

写到这里，我必须得提醒您诸位，对于张咏这种乖张的性格，咱可绝对不能学。咱应该学什么呢？学人家张咏对国家的忠诚，对工作的认真，再就是刻苦学习的毅力。

看到这儿，您该问了，没见你讲他学习刻苦啊？

您别着急，咱讲故事不得一点儿一点儿来嘛。

张咏年轻的时候，是先学的剑，后念的书。这个学习顺序也挺与众不同的。都说"穷文富武"，家里穷，孩子的心静，能踏踏实实念书学文化；学武的孩子，膳食营养必须跟上，也得有器械，请师傅，家里没钱，根本办不到。

张咏很特殊，他家穷，但他是文武双全，该学习的一样没落下。那位就问了，老说张咏家穷，穷到什么份儿上了呢？

穷到他想念书，却买不起书。

买不起书怎么办？找人借！借来之后，张咏手抄一遍，这就是他的课本了。有了课本，不是还得念书、背书吗？别人家孩子读书，都是坐书桌前读，张咏家太穷，没桌子，他就倚着院子里的大树一遍遍背，背不下来就不回屋睡觉。就这么一点点地借啊，抄啊，读啊，背啊，最后张咏到底中了进士。一个家里连桌子都没有的苦孩子，靠自己的努力逆袭成功，也算光宗耀祖了。

入仕之后，张咏在很多领域都有建树。当时出了一件大事儿，淳化年间，四川爆发了以王小波、李顺为首的农民起义。朝廷立刻派兵征剿，而这次征剿的总负责人，不是旁人，正是张咏。

对于这次起义，史学家给的评价非常正面。起义是怎么爆发的呢？根本理由就一个：老百姓过不下去了。但咱得跟大伙儿交代一下，为什么老百姓就忽然过不下去了？

有人说啊，秦末的时候农民大起义，是因为当时的法律太严，再加上被灭的六国后人跟着起哄架秧子。黄巾起义的诱因是当时的瘟疫大流行。明朝末年农民起义的直接原因，是西北地区连年干旱。其实呀，农民起义的核心原因都是一样的，就是统治阶级拿老百姓不当人！

这一点，在王小波、李顺带领的四川起义上，体现得尤为突出。

起义之前，四川当地几乎没有自耕农，土地全是大地主的，老百姓几乎全是佃户，个个都跟杨白劳似的，一年四季都得替地主干活儿。而且当地还有一个特别缺德的机构，叫"博买务"。它的主要职能，就是禁止私人买卖，所有东西都得由它给定价，而且一律"贱买贵卖"。就好比说，天气热了，到买西瓜的季节了。小时候我都不去水果店，而是等老乡进城，拉来一车车熟透的西瓜。西瓜有大有小，大的按斤卖，小的按个卖。您要买多了，掏两毛钱还能饶一个小西瓜。除非是去看望病人，才上店里买西瓜呢，店里的水果长得好看。但是话又说回来，西瓜嘛，再贵还能贵哪儿去。但是，在博买务的运作下，这个瓜卖多贵都是有可能的！买瓜的时候，他是恨不得一文钱一斤地收，等到卖瓜的时候，他能三两银子一个往外卖！人家地主家不怕这个，地主家有的是地，划出一片来，专门种西瓜，哎，咱不缺您这口。老百姓要想吃口西瓜，那可麻烦大了，您想，里外里得亏多少？

有人说了，西瓜嘛，一个水果，大不了我不吃了，又死不了人。

是，西瓜可以不吃，但是有些关键物资，不买您就活不下去。什么盐啊，铁啊，粮食啊，布匹啊，哪样不是生活必需品？而所有这些都得经过博买务的手。您想吧，都不用多，这么操作个两年，老百姓非得全变穷光蛋不可。

您说，老百姓连饭都吃不上了，他能不造反吗？

这次大起义，起义军打出了一个口号，叫"均贫富"。那有人就要问了，张咏奉命镇压这场起义，是不是应该被批判呢？

这个，咱各归各码。人是时代的产物，他生活在那个时代，受那个时代背景约束，思想上、认识上有一定的局限性，也是在所难免的。咱点评历史人物，不能脱离当时的时代背景，在那个年代的主流舆论里，张咏的所作所为被认为是正当的、合理的。而且，有一点咱得强调一下：张咏镇压的不全是农民，连地主和官僚，他都一股脑给镇压了。

跟张咏一块儿去当差的，是一位太监。这位太监名唤王继恩，虽是宦官出身，他可是咱们中国历史上数得着的厉害人物！您若读过史书，必然对这位有印象。王继恩当初是领兵的太监，年轻时陪着赵匡胤南征北战。宋太祖打下江山来，王继恩那是有功的。赵匡胤去世前，皇后派人传旨，让皇子赵德芳进宫料理后事。没想到王继恩抢先一步，率先出宫请来了晋王赵光义。最终还是赵光义成功上位，也就是后来的宋太宗。您想想看，王继恩冒着掉脑袋的风险，拥护赵光义上位，这是天大的人情！赵光义当了皇上，王继恩的地位得有多高？

按理说，有这么一个厉害人物在身边盯着，张咏那驴脾气应该收敛点儿吧？

不！人家还那样，想干什么干什么！

张咏素以刚猛无畏著称于世，平生最恨胆敢贪赃枉法的官员。但凡有过贪腐行为的官员，说到张咏，无不噤若寒蝉。你最好别被张咏查出来，一旦被查出来，那就是你的寿数已尽！不管大官小官，只要犯到张咏手上，一律没有好果子吃。

咱刚才不是说了吗？张咏跟王继恩一起出来办事儿，王继恩的部下仗着自己领导官大，腰杆子硬，驻守在四川的时候没少骚扰当地百姓。纸里包不住火，这些事儿很快就传到了张咏耳朵里，张咏听说后，也不跟王继恩告状，暗中派出自己的部下，将那些掠夺民财的士兵全部抓住，也不把他们带回军营，直接捆上，跟路边找口井，就给人扔里面了！

他这么办事儿，王继恩知道不知道呢？不用想，肯定知道啊！王继恩管过吗？王继恩连个"不"字都没提过！

王继恩可是帮两位皇上打过江山的人啊，尚且对张咏的所作所为持默认态度，足见咱们这位张爷有多厉害了。

但是，张咏对于地方上的百姓是很温柔的，起义平定后，他下了不少功夫安抚四川百姓。后来张咏改任杭州知州，他在杭州当官的时候，浙江闹了一场大饥荒，好多老百姓吃不上饭，饿得受不了，就只能铤而走险，去贩私盐。

在那个年代，盐是被官府垄断的，私盐贩子被官府拿住了，砍头都不新鲜！张咏的下属捉住了上百个盐贩子，问张咏："大人，您看怎么处理？"

张咏执法严苛，天下皆知，这些盐贩子的家人连裹死尸的席子都准备好了，谁想张咏把这些盐贩子集中起来，不咸不淡地训斥了几句，就让他们各回各家了。

就有下属提醒他："大人，贩私盐是重罪，不加以惩罚，以后肯定屡禁不止。"

张咏不乐意了："你好糊涂！现在十万家杭州百姓，绝大多数人吃不饱饭，你不让他们贩点儿私盐，他们怎么养活一家老小？老百姓没饭吃，那不得造反吗？！好歹等到秋收过了，老百姓有了粮食，能活命了，咱再管私盐啊！"

咱从这件事儿上就可以看出，张咏这个人其实是很灵活的，他很懂得老百姓需要什么，朝廷需要什么。这个度，他拿捏得特别到位，其实张咏本质上是个通情达理的人，很会恩威并施这一套。

光会打仗、会治理国家，那也不算出奇，关键咱们张爷还是个金融巨子，他搞过一个影响了中国古代历史进程的东西，说出来大伙儿全都知道——"交子"。

注意，是"交子"，可不是饺子啊！饺子是东汉时期的名医张仲景发明的。交子是中国最早的纸币。张咏一个人就加速了中国的商业化进程，也算居功至伟，张咏因此被称为"纸币之父"。

关于他政治方面的业绩，咱就不赘述了，最后再讲讲跟他有关的文学创作。

有一本宋朝的小说集，叫作《青琐高议》，里面有一篇关于张咏的故事，说的是他做官之前是如何行侠仗义、除暴安良的。

话说有一天，张咏带着书童来到汤阴县，也就是现在的河南省安阳市汤阴县——岳飞的老家。他跟当地县令的交情相当不错。临走的时候，县令送给了他十贯钱。刚才咱们介绍得明白，这时候的张爷还没当官呢，交子还没发明出来，县令送他的，是实打实的十串铜钱，分量不轻。就有人提醒他，附近治安不好，你们这么走不安全，不如再等两天，凑上几十个旅伴，大家结伴而行。张咏呢，也是能耐催的，偏不信这个邪，他跟人家说："眼看着天气转凉了，父母在家没人照顾，我得快点儿回家。漫说不一定碰上贼，就是碰上了，你来看，"说着仓啷一声，把剑抽出来了，"些许小贼，我张某人也不把他放在眼里！"

说完，他就上路了。

您都知道，故事就是这样的。既然张咏已经撂了狠话，后面就非得让他碰上贼不可！走着走着，天快黑了，张咏便找了一家店住下。店主上下一打量，见张咏只带了个小童，行李却是鼓鼓囊囊的，心头暗喜，知道这主儿身上准保有钱。

店主还亲自过来探探底，行话里管这叫"要簧"。

"来了您哪？客官您几位？"

"两位。"张咏不是还带了个小童嘛，算两位。

两人说话的工夫，店主就赶紧给张咏安排茶水座位，打发店伙计给他牵马。

"客官您打从哪儿来啊？"

这一句，乍一听也没什么不对，张咏丝毫没有提防，实话实说："我们从汤阴县城来。"

"上哪儿去啊？"

"回山东老家。"

"哦，我说怎么有股山东味儿呢，侉了吧唧儿的那么好听。您在我们这儿住几天啊？"

就在店主问话的时候，张咏斜眼一瞟，就发现正在给他牵牲口的那个伙计，似有意似无意，连着摸了两下搭在马背上的行李。张咏心中如明镜一般，知道自己撞进了黑店，人家这是惦记上自己的东西了。

好一个张咏！面不变色心不跳，左右打量一番，跟店主继续客套："老板，受累，给我撅几根柳树枝子来。"

"您要这个干吗？"

"明天天不亮我们就得走，树枝子留着，回头我捆火把用。"

店主这就明白了，天不亮这位就得走，看来我半夜就得动手。

书归正文，张咏和小童二人就住下了。进屋之后，他叫小童假装睡觉，自己则拔出宝剑，躲到门后。等到三更天，门外开始有动静了。店主的大儿子走到门口，低声问道："客官，鸡打鸣了，您现在走吗？"

为什么问这么一句呢？这是试探。万一里面的人没睡，一问起来，他也有话应对。

"我来叫您起床。"

问了两遍，听房间里没有动静，店主的大儿子拨动门闩，推门就进来了。说时迟那时快，张咏手起剑落，一剑就将大儿子刺死了。张咏让小童把死尸拉到一边，自己继续站在门后等人。没一会儿工夫，店主的二儿子赶来帮忙，也被张咏一剑刺死。

一连杀了俩，他不能再等了，再等人家就该反应过来了。张咏于是主动出击，提着剑出门，四下里搜寻店主跟其他伙计。这帮人倒也很好找，正一起聚在大堂里烤火呢。张咏一个箭步冲上前去，先把店主给宰了。两边各站着一个伙计，刚要还手，张咏反手一剑，又撂倒一个。此时张咏已经连杀四贼，衣服上、脸上、剑上，到处都是鲜血，在忽明忽暗的火光下，显得更加恐怖狰狞。店里最后一个活着的伙计被他吓得魂不附体，浑身上下抖成一团，虽然手上还拿着把菜刀壮胆，但也没什么用，一看就知道，这伙计已经吓疯了。只见伙计一边哇哇大叫，一边对着空气挥舞菜刀。张咏又好气又好笑，拎着剑站一边看着他。不多一会儿，伙计自己崩溃了，把刀一扔，转身就跑。

要说伙计这身手还真不错，扔刀、转身、抬腿跑，一系列动作行云流水。只可惜虽然身子转得快，腿已经失灵了。眼看着他自己给自己使了个绊子，扑通一声摔了个狗吃屎。张咏一看，冷笑一声，迈步过去，杀了个现成的。

眼看这个黑店里的人死得精光，张咏点起大火，把黑店烧了个干干净净。

这是张咏"纵火汤阴县"的一段传奇。

大海波涛浅，小人方寸深。从来名利地，皆起是非心。一般的江湖游侠走不了仕途，因为官场与江湖有本质的区别，它奉行的是另一套游戏规则。张咏做官，能守住本心，为民做主，怀菩萨心肠，行霹雳手段，这是他的过人之处，也是我们要向他学习的地方。不过，现如今文明社会，遇上坏人，咱可以用法律制裁他，可不能跟张咏似的说杀人就杀人啊。

04

守拙：藏巧于拙，用晦而明

匹夫无罪

怀璧其罪

传统相声《八扇屏》里有一段，名叫《鸟》。

故事主人公是古代的一位大贤，叫公冶长，这人是孔子的学生，有人说他是齐国人，有人说他是鲁国人，反正大差不差，都是山东这一片的。

在民间传说中，公冶长有一项独门绝技，他通"鸟语"。

这里说的"鸟语"可不是指外国话啊，就是字面上的意思，鸟的语言。相声是艺术创作，段子里的故事也编得天马行空，《八扇屏》里面说，有俩鸟对着骂起来了，公冶长在旁边，眼睁睁地看着其中一只鸟被另一只鸟活活骂死。您看看，好好的一个古圣先贤，硬是被塑造成了吃瓜群众。

民间故事里也有这一段，和《八扇屏》里的情节大不相同，故事有前因后果，有高潮有反转，很值得回味。

民间故事里说，公冶长通鸟语，听到鸟兽的叫声就知道其中的含义。有一次，公冶长从卫国返回鲁国，走到边境的时候，看到一大群鸟聚在一起，叽叽喳喳地正聊天呢。公冶长一看到这个场景，就身不由己地站住了。

为什么站住呢？他听见一只鸟正跟另一只鸟商量："他二婶啊，河边死了个人，咱尝尝去吧。"

二婶不太乐意："六舅母，算了吧，这两天我这肠道不咋好。大夫说那玩意儿吃多了致癌啊，这两天给我开了点儿麦子粒，让我单吃这个。"

六舅母就劝二婶："嗐！您甭听他们瞎扯。都听大夫的，吗也吃不成了！听说这个人刚死没多少日子，咱过去看看呗。"

二婶被说服了："得了，听你的，去看看。"

这俩大妈一带头，一大群鸟都跟着飞过去了。

公冶长听完了，心里直嘀咕。一是感慨人生无常，上一秒你可能还在通向幸福的大道上玩儿命狂奔呢，下一秒就死在荒郊野外了，落得个被鸟兽蚕食的下场。

再有一个，他一听口音就认出这俩鸟了，这俩鸟跟公冶长打过交道，以前帮过他的忙。

公冶长他们家穷，一家老小一年也吃不了一回肉。有一天，这俩鸟飞到他家窗口，叽叽喳喳冲他嚷嚷："公冶长，公冶长，南山有个虎拖羊。羊还剩下大半拉，你去把羊拽回来，你吃肉，我吃肠。"

公冶长挺高兴，上山一看，果然还有大半只羊在河边摆着，他就把羊给背回家了，收拾得干干净净的，准备给家人改善一下伙食。我在这里插一句，在公冶长生活的那个时代，很多人是不吃动物内脏的。那位问了，为什么呢？首先，春秋时期，国人的烹饪方式极其有限，那会儿连炒锅都没发明出来呢！现存最早的关于"炒菜"的文字记录是北魏时期的，老百姓平时吃菜，不是水煮就是清蒸。其次，春秋时期也没有太多食用香料，您像咱们今天做饭用的胡椒，那是西汉时期张骞出使西域带回来的，辣椒是明末才传入中国的。春秋的时候香料不但少，而且价格昂贵，一般老百姓也用不起。您想想，没有香料，没有炒锅，水煮羊肠，那得多臊气啊！所以公冶长平时就没有吃动物内脏的习惯，他收拾羊肉的时候，习惯性地就把羊肠顺手给埋了。

这一埋不要紧，俩鸟来了一看，羊肠没了！好家伙，一路骂着街就飞走了！

今儿公冶长一听见这俩鸟说话，就想起欠人家羊肠这事儿了，有心追上去，给这俩鸟解释解释，转念又一想："不行！这回它们要吃的可是人啊。人必须得入土为安，哪儿能暴露在荒郊野外，被鸟兽糟践呢。我要是不知道，也就算了，既然知道了，不能就这么放任不管，让一个人变成鸟兽的食物啊。"

他想去给那名死者收尸，又怕自己一个人去，到时候万一说不清楚，再惹上麻烦。公冶长心想：不如去多找几个人，请人家帮忙收尸吧。想到这里，他顺着大道就走下去了。走了没多远，就看见一个老太太站在马路当间，正跟那儿掉眼泪呢。一打听才知道，老太太的儿子出去办事儿，走好几天了都没回来，当妈的琢磨，孩子有可能出事儿了。自己年纪大，走不了远路，只能在大路上等。越等越伤心，越等越绝望，这才号啕痛哭。

公冶长一听，赶紧就说："大娘啊，你让人到河边去看看吧。河边有个死尸，你找人过去辨认辨认。"老太太一听，赶紧到村里找了几个人，这几个人搀着老太太就去河边了。果不其然！找到了，还真是老太太的儿子！

老太太当下就放声大哭，哭罢多时，就有人提醒老太太，让她赶紧去报官。地方官一听出了人命，不敢怠慢，立刻带衙役来办案。一群人赶到事发地点，等把前因后果都掌握得明明白白的了，当官的一指公冶长："把他给我锁起来！"

就有人问了："锁他干什么呀？"

地方官哼了一声："你们都糊涂了是怎么的？人要不是他弄死的，他怎么会知道这儿有死尸啊？"

一听这话，大伙儿也含糊了。公冶长赶紧就为自己辩解："我是听一群鸟说的，我听得懂鸟语。"

当官的一听，扑哧一声笑了："我还懂鹰（英）语呢。你说我信吗？"

就这样，公冶长被抓了起来。这时候他才恍然大悟："坏了！我让那俩鸟给算计了！"可是这时候你再解释，人家也不信啊！只好听之任之。

一晃就被关了整整两个月。那位问，怎么不判死刑啊？

因为光凭"发现死尸"这一条，不能证明公冶长就是杀人犯，官府只能拿他当重大嫌疑人，把他关了起来。关到第三个月初，监狱外边来了一群麻雀，可巧就落在公冶长这间牢房的小窗户上了。这群麻雀也爱聊天，公冶长闲着没事儿，就站旁边听。不光听，他还乐；不光乐，他还乐出声了。

旁边有巡逻的牢头，看着公冶长直纳闷儿。他这是怎么了？关俩月，人疯了？他就问公冶长："你干吗呢？"

公冶长虽然蒙受了不白之冤，但他做人一向还是挺大方的。人家问了，他就如实回答，说自己在听小鸟们聊天。

牢头问他："你都听见什么了？"

公冶长就告诉他，小鸟说看到在一个什么什么地方，有一辆运粮食的牛车翻了，牛犄角都摔折了，粮食洒了一地。现在这俩麻雀是吃了粮食才过来的。

牢头越听越心惊，赶紧打发人去查看。果然，与公冶长说的是一模一样，牢头赶紧就把这事儿上报给地方官了。地方官听完，命令手底下人抓几只鸟来，让公冶长去听鸟说什么。结果他就发现，公冶长果真听得懂鸟语！就这样，公冶长就被无罪放了。

这段故事虽然听着就像瞎编的，但它确实有正经的出处。南北朝时期，南梁有一位大儒，名叫皇侃。皇侃写了一本书叫《论语义疏》，顾名思义，这本书就是给《论语》做的注释。在朱熹出现以前，这本书几乎是有史以来最权威的研究解读《论语》的著作。据说在这本书里，皇侃引述了一本叫《论释》的著作，说《论释》中就收录了公冶长的故事。可惜《论释》这书现已失传。真真假假，假假真真，您自己琢磨吧。

虽然只是个故事，可它也蕴含了一些朴素的人生哲理，在这儿也提醒各位，甭管对方是不是人，你答应人家的事儿，得记着给人家办了。

那位问了，公冶长怎么就懂鸟语了呢？

按照故事里面的说法，就是那俩鸟教的他。俩鸟食性还挺杂，不光是肉，谷子、草籽，它们都吃。公冶长出去干活儿，随身带着中午饭。这俩鸟总跟着他，他这人心眼又好，总会从饭里拨出点儿来，留给它们，这俩鸟为了报恩，就教给了他鸟语。

当然，您要是决心打假，故事讲到这儿就更不堪一击了。人教鸟说话，这是有可能的，您养个鹦鹉、八哥什么的，天天逗弄它就行。有人给我讲过"捻舌"什么的，有一套独特的技巧。当然，咱也是左耳朵听右耳朵出，大家要是想深入了解，可以看看咱们于大爷的著作《玩儿》，里面应该有这方面的内容，我在这个领域还是差着于大爷一些。

总之，人教鸟说话，有一套方法，可是鸟教人，它怎么教啊？弄一黑板？找块粉笔？写上"a、o、e、i、u、ü"？那也是汉语，不是鸟语啊！所以说，故事就是故事，咱们大伙儿一听，一乐，就完了。

但是有一点毋庸置疑，鸟类是很聪明的。中国人驯兽、驯鸟的历史都很悠久。清朝时期，八旗子弟讲究架鹰走犬，那可不光是为了玩儿，养鹰、养狗，都是为了打猎的时候有个帮手。南方现在还有渔民用鱼鹰子捕鱼呢。当然了，训鹦鹉、八哥说话，那一般就纯是为了玩儿了。

当然，也有例外，我们相声界老前辈高英培有一段相声叫《人鸟之间》，说的是一个贪官找别人索贿，他自己不张嘴，提前把要东西的话教给他们家养的八哥，八哥再把这些话说给找他办事儿的人听。您说说，这贪官也是挺下功夫的，为了索贿，主意都想绝了。

写到这儿，我突然想起一个早年间流传的故事。说是有一户富贵人家，养了一只鹦鹉。这鹦鹉非常聪明，不光能学人说话，南七北六十三省的口音、大小买卖的吆喝、各种口技、小曲小调都能说两句。

这一天，这鸟的主人别出心裁，要请和尚、老道来教它念经。问了好几家寺庙、道观，师父、道长们都觉得这事儿不靠谱，没人答应。可巧来了个游方的老道，上他们家化缘。主人这些日子为了教鸟念经，没少往道观里送钱，这会儿一听，有出家人上门化缘，不但不恼，还挺热情。

他热情，他家里的下人更热情。自打这位大爷独出心裁，要培养这鸟念经，可把下人们给折腾坏了。过去那大庙可都不在城里，都在城外山上呢。为了他这事儿，府里的下人这些日子全玩儿上跑酷了，每天一个马拉松那是少的。

眼看着大伙儿都顶不住了，管家就劝主人："您这是要干吗啊？我看您教小少爷都没这么上心。"

财主就说了："你不知道。小少爷有老师教，这鸟念经没人教。"

"您教它念经干吗啊？是让它修炼是怎么的？别人家都是培训孩子考秀才，将来好当官。您培训神仙干吗用呢？它要真成神仙了，到时候你们谁管谁啊？最主要的，您活得到那天吗？这事儿没个三百年五百年的，可成不了。"

饶是管家把嘴说破了，本家主人就是不听，还让手下人去找出家人培训鹦鹉。今天这位道爷来了，管家算碰上救星了。马上就跟老爷提出来，要请这位道长去教鹦鹉。就算道长不答应，他也要尽量把这道长留下，请人家多住几天。

为什么非得求道长跟他家住呢？因为只要道长能多住一天，大伙儿就能多歇一天。家里有现成的老道，主人有事儿，直接就找老道去了，不会找寻他们。所以大伙儿也没等老爷发话，跟绑票似的，就把这位道爷扣家里了。

财主也知道管家这份心肠，把道爷领进了自己的书房。像他们这种人家，过去都有专门设置的待客厅。哪怕是接待皇上，也都先往待客厅让。往书房里领的，一般都是心腹、亲信。为什么老道第一次上门，主人就把他请进书房呢？一是因为鹦鹉就在书房里面，二也是为了让老道感到自己被尊敬、被重视。

财主仪式感很强，还给双方引荐了一下："这是我养的鹦鹉，这是来咱家做客的道爷，来，您二位认识一下吧。"

老道也客客气气一拱手："施主，我吃素。"

财主："嗐，不是给您预备的下酒菜。我是让您二位认识认识。"

老道气乐了："我认识它干吗呀？它能给我讲经是怎么的？"

财主一本正经地胡说八道："不是让它给您讲经，是让您给它讲讲经。"

老道一听，更纳闷儿了，"您是准备让它跟我修行是怎么的？它羽化飞升了，您能得着什么？"

财主倒真不着急，当下一五一十，把自己的想法跟道爷就说了。没别的意思，就是单纯地想让鸟多一门手艺。

这位游方的道长呢，脑子倒是挺灵活，立马就跟东家表示：教是可以教，可是"保教不保会"。让我对着鸟，把经文都念上一遍，这没问题，但不能说多咱教会了它，多咱才能让我走，那不成了绑票了吗？

财主一口答应。财主对自己的鸟有自信，知道这鸟别的不行，就是聪明。

就这么着，老道就留下来了。

正式把鹦鹉托付给老道后，财主就回屋休息去了。书房里就剩下道爷一个人，对着鹦鹉这一顿念叨，什么"道可道，非常道。名可名，非常名"，什么"北冥有鱼，其名为鲲"，什么"你拍一，我拍一，马兰开花二十一"。我也不清楚老道都会念什么，大概其就这些吧，反正是滔滔不绝念了半天。

念着念着，鹦鹉忽然说话了："道爷，救命！"

老道吓了一跳。鸟跟他说话，他见过，鸟冲他喊救命，这还是头一回。怎么就说出这么一句？而且字音倍儿真！这鸟的普通话比他的还标准呢!

他还跟这儿琢磨呢，这鸟又说话了："道爷，救救我吧。"

老道这回真被惊着了，这不是简单的"鹦鹉学舌"，小鸟真的在跟自己交流呢！老道就问它："为什么要求救？你在这儿有吃有喝，主人将你视若珍宝，你还有什么不满足的呢？"

鹦鹉说，虽是有吃有喝，可是自己没有自由。每天被困在笼子里，对于一只鸟来说，就是最大的痛苦。

道爷听完，长叹一声："你既然想要自由，为什么还要说话呢？"

道爷这句话太值钱了！

财主为什么把你困在这儿？就是因为你会说话。你要是从此不说话了，他不就不要你了吗？

鹦鹉是真聪明啊！道爷走了之后，它就再也没开口说过话。

财主一看心爱的鹦鹉忽然哑了，急得抓耳挠腮，又是用精美的食物引诱它，又找别的鸟陪它玩耍，可不管财主怎么逗弄鹦鹉，人家就是不开口！就好比徐庶入曹营——一语不发！

日子长了，财主对这鸟的心思就淡了，觉得这鸟八成是变笨了，也懒得继续抬举它，让下人把它拿到小少爷房里，当成小孩的玩具养着。

有一天，小少爷打开笼子给鹦鹉换水，一个没注意，鹦鹉一扑棱翅膀，飞出了牢笼，消失在蓝天之中。

给大家讲这两个故事，是想说什么呢？

想说一点做人的道理。

咱们中国人做人，讲究守拙抱朴，行稳致远。守拙，就是处事低调，不露锋芒，大智若愚，大巧若拙。

公冶长懂鸟语，小鹦鹉学人话，他们都掌握了同类没有的技术，按理说是好事儿。咱老百姓家孩子，学本事，都讲究"技多不压身"，这话没毛病。可是，如果你没有保护自己的能力，却拥有远远超过同类的本领，身边的人都开始琢磨能从你身上拿到什么好处，你的灾祸就不远了！

古人说得好，"匹夫无罪，怀璧其罪"，您各位琢磨琢磨，是不是这么个道理？

05

摸鱼：这上班啊，
的确是个苦差事

再不让摸个鱼

可怎么活啊

最近我看有朋友给我发私信，说：郭老师您赶紧出新书吧，之前的那些个旧书，什么《郭论》《捡史》《江湖》《谋事》，我都翻来覆去看好几遍了。

唉，真是抱歉啊，大伙儿都知道，今年我们德云社事情特别多，我个人也比较忙。但是呢，您也不用担心。俗话说"好饭不怕晚"，这坑，总有填的时候；新书，总有出版的时候。甭管是我，还是德云社，肯定都会好好工作，竭诚给您服务，绝对不敢偷懒。我们对读者朋友的这份初心，那可是从来也没变过。

说起这偷懒啊，我就想起网络上流传的一个新词——"摸鱼"。

所谓"摸鱼"，其实就是上班的时候偷个懒的意思。我看周围年轻的孩子们经常用这词，说谁谁上班又摸鱼了。

当然了，摸鱼跟摸鱼还不一样。有的人摸鱼，摸得特别恶劣。比如说，老是找各种借口逃避劳动：今儿有病了，明儿家里有事儿了，过两天又没状态了，反正就是各种找碴儿，把工作甩给同事。

还有的人喜欢消极摸鱼，把人召集起来开个没用的会啊，上节目不说正经的就跟观众扯闲篇啊，就是不愿意坐那儿踏踏实实工作。但凡有人这么摸鱼，老板就得管，要不公司还不得出问题啊？

但是，还有一些所谓的摸鱼啊，还真不能赖年轻人。因为这上班啊，的确是个苦差事。有些读者朋友告诉我说，他忙起来的时候，往那儿一坐就是七八个钟头。要是再临时来活儿，加个班，没准儿就得在办公室熬通宵了。这样的日子一长，员工的健康肯定大受影响，您放眼一望，二十多岁的孩子，是肚子上也有肉了，腰椎间盘也突出了，头发也掉了，心律也不齐了……各种毛病，全来了！

所以说，好些年轻人上班时候摸个鱼，无非就是压力太大，孩子想喘口气而已。遇上这么摸鱼的员工，老板也得人性化一点儿，要不大伙儿压力太大，再弄出点儿事儿来，对您那买卖也不利？不是吗？

上班摸鱼这种事儿，当然不是今天才有，古代也有。

最典型的一个上班摸鱼、出工不出力的人，我一说，您肯定知道——沙和尚。

您看电视剧《西游记》，沙僧翻来覆去就那么几句词："大师兄！师父让妖怪抓走了！""大师兄！二师兄让妖怪抓走了！""大师兄！师父和二师兄都让妖怪抓走了！"还有就是："师父放心！大师兄会来救咱们的！"

在路上走了那么多年，感觉沙和尚就没怎么干活儿，整个就是一"搭头"。电视剧里的沙和尚高低还给挑担。《西游记》原著里可不是这样写的，原著里是猪八戒一直挑着担子，沙僧就牵着马，跟在大家屁股后面溜达。

取经队伍里怎么混进这么一位来呢？降妖除魔又指望不上，干个力气活儿也没他，干脆不要他，行不行？

还真不行。您看《西游记》的回目就看得出来：孙悟空是"金公"，属火。猪八戒是"木母"，属水。这俩一个属火一个属水，水火不相容，这俩老掐啊，怎么办呢？正好，沙僧在回目里叫"黄婆"，属土。按五行来说，火生土，土又克水，这仨就能调和好了。所以沙和尚一路上除了摸鱼就是摸鱼，可是谁也不管他。咱们现实生活中，好多单位也有这种人，平常不怎么干活儿，天天摸鱼，可是这位人缘特别好，跟谁都能混到一块儿，大伙儿让他这么一捏咕，团队还挺完整。领导一看，得啦，摸鱼就摸鱼吧，离开他还真不行。

不过呢，古人并不鼓励摸鱼。好多人觉得古人生活节奏慢，事儿肯定没那么多，所以古代公务员上班一定特轻松吧？

还真不是。您看《诗经》里就说，古人那班上得是"肃肃宵征，夙夜在公"。这说的就是当时的公务员，整宿整宿不回家，这才是人家的工作常态呢。

咱们今天上班要打卡，古人也一样。咱都知道古时候有个词叫"点卯"。什么意思？就是每天卯时上班打卡。卯时是什么时候啊？早上五点到七点！您想想，恐怖不恐怖！现如今哪家公司也不能逼着员工早上五点打卡啊！

那什么时候下班呢？

这方面古代的机关单位就很人性化了，咱们现如今好些公司，动不动就让员工加班，您上北京那些个互联网大公司门口去看一眼，深更半夜还有好些人跟那儿上班呢。赶上忙的时候，孩子们凌晨三四点才下班，那真是特别辛苦。

古人下班没这么晚，一般下午三四点钟就下班了。不过您注意，这是"一般情况"。赶上"不一般的情况"，是几点下班呢？白居易写过这样的诗句："退衙归逼夜，拜表出侵晨。"就是说每天下班到家都凌晨了。而且古人没有倒休那么一说，凌晨两点回家，等到五点又得跑出来上班，而且古人一天就吃两顿饭，您想想那个辛苦劲儿，是不是比咱们还惨？

每天上班这么辛苦，要再不让摸个鱼，可怎么活啊？所以古人就发明了好多偷懒的方法。比如说，沈括在《梦溪笔谈》里就记载了一件事儿。当时有一些政府工作人员，他们的职责是校订图书，这群人叫"校书官"，他们每天都要阅读前代留下来的典籍，从里面找错误。说白了，跟今天出版社的校对人员的工作是一样的。

这个工作啊，乍一看挺轻松，每天看看书，挑挑错，不就完了吗？

可真干起来，就不是那么回事儿了。

您琢磨呀，咱们大中国，人多，书多！连老郭都写了好几本呢，什么《谋事》《江湖》，什么《捡史》《郭论》。德云社要弄个校书官，也得看半天呢！何况是皇家的藏书，全国各式各样的书都有，那叫一个浩如烟海！古代又没有电脑，全靠人两只眼睛扫过来瞄过去，一天下来，眼珠子都快从眼眶子里掉出来了。长年累月下来，对校书官的视力也是个大考验。

就有校书官开始想辙了：你不是让我校对吗？好啊，我每天上班，从书架子上随便拿出一本书来，看也不看，随便找几个地方，拿墨把书上的字一涂，这下就没人知道书上这个地方原来写的是什么了吧？然后，在这旁边，把涂掉的内容再重写一遍。负责的人一看，好嘛！这书涂的，这儿一块黑，那儿一块黑。嘿！工作真用心！其实呢？这位根本就没看。

这个还不算绝的。唐宋八大家里的王安石，咱们在《捡史》这本书里也提过。王安石这个人，脾气相当怪，早年间，文彦博、欧阳修都推荐他在京里当官，多好啊？可这位偏不乐意，就喜欢当地方官，一直在地方上混到四十多岁，才进京做官。

四十岁的时候，王安石在地方上当官，编过一本《唐百家诗选》。您一听就知道，这就是"唐朝优秀诗歌选"的意思。

这书怎么编呢？王安石负责选诗，他从唐朝的诗集里挑："哎！这首好！"于是就往这一页里夹个小纸条，然后跟手底下负责抄书的人说，夹纸条的地方有首诗，特好，你把它抄在这纸条上。

王安石觉得，这样方便，最后让人把纸条一汇总，书不就编好了吗？

谁承想，抄书的这位特别会摸鱼。他一看王安石夹纸条的地方净是些长诗，心里就有想法了：这挨个抄完得什么时候啊？得了，我抖个机灵吧！

他就把这纸条拿下来，在书里重新找，哪首诗短，他就把纸条夹在那儿，再把这短诗往下一抄，比如："春眠不觉晓，处处闻啼鸟……"这多省事儿啊！一共才四句。

有人说了，这么明目张胆地摸鱼，王安石会不知道吗？

王安石还真就没发现！他这个人哪，能耐有，气度也有，就是有个毛病——过于不拘小节。

据说王安石忙起来的时候，能几个月都不洗澡，也不弄头发，更不刮胡子，要是不穿那身官服，就跟个叫花子差不多。而且每回吃饭，满满一大桌子菜，王安石从来只吃眼前的那一盘，别的菜，一筷子都不动！

从这儿，您就看得出来这位的性格。他倒不是懒，也不是粗心，而是太着急，老想干大事儿，小事儿不愿意管。

您再想，下人抄书摸鱼，王安石都看不出来，他搞变法，就算初衷再好，那能执行得好吗？

当然了，咱们写的这几位，出发点都不太好，摸鱼态度比较恶劣。那有没有被逼无奈摸鱼的呢？有。

唐朝有个著名的宰相，叫姚崇。姚崇从武则天伺候到唐玄宗，算是三朝元老了。三朝元老就不摸鱼吗？一样也摸，不过他这个摸鱼，纯属就是被逼无奈。

怎么回事儿呢？唐朝有个制度，凡是中书、门下、尚书这三省的长官，要轮流值夜班，怕的是临时突然有什么变故，重臣们一个都不在，皇上抓谁当差去？

当时有个专门负责排班的官员，叫"直令史"。他有个东西叫"直薄"，说白了就是排班记录的小本本，谁今天值夜班了，谁就在上面写上某月某日，谁加的夜班。

唐朝对这考勤管得还挺严，别说让你加夜班你不加，就算缺个勤、迟个到，那都让你吃不了兜着走。《唐律疏议》里规定：无论内外官员，只要无故缺勤一天，就打二十板，现打不赊！缺勤满三天，罪加一等，再多打四十板；旷工满了二十五天，你这是要疯啊？来！打一百大板！您要说您旷工满了三十五天，那你就是找死了，不但胖揍你一顿，还得蹲一年大牢！

姚崇呢，一直工作到唐玄宗执政的时候，这时他已经很老了。岁数那么大的老人家，还得上夜班，实在太过辛苦。姚崇就跟这直令史说："你把我跳过去，直接给下一位得了，这夜班我不能加。"

直令史一看，也是，人家姚大人都这么大岁数了，白头发白胡子，还让人家加夜班？于心不忍！得了，往下传吧。

接这"直薄"的人呢，大部分也能体谅，毕竟老爷子那么大岁数了，又是多朝元老，咱们年轻的多来，让老头歇着吧。

可就有那不开眼的，觉得这事儿不公平："凭什么我们都值夜班？老姚不值？公平吗？"问得直令史没词了，只好硬着头皮找姚大人："姚公，您这老不值夜班，人家有意见了。您看，要不您老人家也值个一两宿？"

姚大人不听则已，一听就蹦了！书上说姚崇当时"告直令史，遣去又来，必欲取人，有同司命。老人年事，终不拟当"。什么意思啊？就是姚大人当时就翻脸了，跟直令史急眼了："为值个夜班的事儿，你小子至于吗？成天逼我一个老头值夜班！我都这么大岁数了还值夜班？你们怎么想的！我就不值！"

好嘛，三朝元老啊，这么一嚷嚷，直令史敢说什么呀？

得了，那您不值就不值吧。

结果这事儿就传到唐玄宗那儿去了，玄宗一听："嘻！老姚那么大岁数了，我都让着他，你们惹他干吗？"

从此姚崇就放心大胆地摸鱼，再也不用值夜班了。

在唐朝，官员想混混日子、摸摸鱼，非常困难。可是到了后面的朝代，糊弄差事就越来越容易了。

您比如说元朝。您都知道，元朝是由蒙古的游牧民族建立的，您想让他们老老实实在那儿"坐班"，那可不容易。元仁宗的时候，有大臣就给皇上上书，说"六部诸臣，皆晚至早退，政务废弛"。就是说当时六部的官员们，就没有按时上班的，不但迟到，而且来这儿看一眼，没什么事儿就颠了，拿工作根本不当回事儿。这都不能算摸鱼了，简直就是玩忽职守。

到了明朝，摸鱼现象就更严重了。别的不说，皇上就带头摸鱼！

最典型的，就是嘉靖和万历。这二位，嘉靖皇帝是成天就知道炼丹，在西苑（今天的中南海、北海一带）里面一住就是二十多年，满朝文武谁都瞅不见这人，不知道的还以为皇上秘密驾崩了呢！

万历更绝了，自打他老师张居正一死，这位就开始放飞自我，也没什么理由，就是不上朝，也不接见臣工。

有人问，万历是在后宫荒淫无度吗？

这位比您想象中的懒。据说啊，这位连荒淫都懒得荒淫，成天就是睡觉。

有这样的皇上，那臣子什么样啊？摸鱼摸得是气壮山河！

明朝有个负责管理祭祀的部门叫"太常寺"。在那里当差的官员跟一帮大爷似的，平常也没什么事儿，有活儿就外包，属于闲差里的闲差。有一回，太常寺接到了一道公文，这公文是从宣州来的。宣州，在今天安徽这个地方，当时，宣州产一种梨，是进贡给朝廷祭祀用的。宣州府这道公文说的什么呢？说今年春天啊，我们这儿刮大风，梨树刚一开花就被吹落了好些个，今年秋天怕是结不了那么多果了，别耽误了国家祭祀大事，来个信通知上级一声。

这事儿如果正常办，应该怎么发展呢？太常寺的领导"太常寺卿"，应该赶紧呈报给上级，然后再批复宣州当地，指示他们后续工作怎么做。另一方面，您得赶紧联系新的水果产地啊！万一真到祭祀的时候，没水果用，那不抓瞎呀？

可咱这位太常寺卿，压根儿就没理这茬儿，而且还特别不耐烦地写了一首诗吐槽宣州的地方官："印床高阁网尘沙，日听喧蜂两度衙。昨夜宣州文檄至，又嫌多事管梨花。"

什么意思呢？梨花这么点儿破事儿也让老子管？你没看我们放太常寺大印的柜子都结上蜘蛛网了吗？别理我啊，烦着呢！

等到了清朝，那就更不得了了。清朝官场上，对于摸鱼这个事儿，都有一套固定的套路了，用今天的话说，这就叫"话术"。

比如说："我只一个身子，又要侍奉天子，又要安抚百姓，区区公文，拿来烦我？找师爷去！"

您看见了吗？人家忙啊，天子百姓都指望他老人家一个人伺候呢，哪儿有时间批公文啊。

最能反映清朝这帮官员摸鱼的书，就是清朝李宝嘉的《官场现形记》。书里面您看那些个官，那个得过且过，成天混日子的状态，真是烂到家了。

您比如说，书里写的湖北巡抚贾世文。此人自称平生有两桩绝技：一个是画梅花，一个是写字。其实呢，这位根本就什么也不懂！但是他身居高位呀！制台大人，底下人能不巴结他吗？他的下属为了讨他的好，每次一谈完公事，就跟他求画："卑职求大人墨宝！"

贾大人就特美，特高兴，抄起笔来就赶紧给你画。

有一次，贾大人被下属拍高兴了，这儿正画着呢，底下人报告："藩司有公事禀见！"

贾大人不乐意了："你没看我正忙着呢吗？出去出去！"

不一会儿，下人又来报告："学台来拜！"

贾大人更不高兴了："我有正事要办！一边去！没点儿眼力见儿！"

又过了一会儿，下人再次来报："拿住维新党啦！您不去瞧瞧？"

给贾大人气得够呛："我这儿画个梅花，你没看见哪？左一趟右一趟的，赶紧给我滚！"

您看见了吗？这画梅花倒成了正经事儿了，公事倒成了闲事儿了。

现代生活压力太大，偶尔摸个鱼，放松放松，对您工作、身体都有好处。但是只顾着摸鱼，摸得连本职工作都不干了，那您最好还是掂量掂量。咱们干工作，也不全是给老板干，咱自己也要学习进步，积累经验。要是老板不欺负您，您呀，也不要老惦记着糊弄老板。

06

用人：水至清则无鱼，
人至察则无徒

士者国之宝

儒为席上珍

夏天来的时候，我不知道您各位有没有这个感觉，好像苍蝇、蚊子没有过去那么多了。

小时候，一到夏天的傍晚，家家户户都要做一项固定工作，打蚊子。连大人带孩子，谁也不许开灯，大伙儿兵分几路，守着纱窗或者蚊帐，先把蚊子都打死，再安排别的活动，该吃饭吃饭，该睡觉睡觉。您要是敢省了这道工序，这一晚上都别想睡好。

以前有朋友跟我讲过一件小事儿，说一朋友，下班后去喝酒，可能喝得比平时稍微多了点儿，回家躺床上就睡了。媳妇领着闺女串门回来，往床上一看，俩人都乐了。我这朋友脑门上让蚊子叮了个大包，正叮在眉心。可能他自己也觉着痒，就拿手指盖抠了一下，把蚊子包抠成了个小月牙。

媳妇把他叫醒了，让他自己照镜子，他一看，自己也乐了。闺女觉着爸爸好笑，打那儿起，就管他爸叫"包公"。

后来老头没了，走的那年岁数不大，刚六十出头。闺女亲自给爸爸致悼词，题目就是"真希望再叫您一次'包公'"。咱听着这事儿，心里还挺酸的。

既然写到这儿了，我今天就给大家讲一个包公的故事。这个故事可能会颠覆您从前对包公的认识。为保严谨，我还查了资料，史书对此事有明确的记载，还真不是谁胡编乱造的。

大概是个什么事儿呢？就是说，有人曾向皇帝告状，告包公"不廉"。

您各位都知道，包公最是刚正不阿、廉洁奉公。他怎么可能不廉洁呢？是小人污蔑他吗？还真不是！告他这人，在历史上也是个大清官。一说您大伙儿都知道，"唐宋八大家"之一的欧阳修！

欧阳修告包拯，两大名人掐起来了，而且欧阳修居然告包拯"不廉"？这里面究竟是有什么缘由？

容老郭为您慢慢道来。

掰扯欧阳修告包拯这事儿前，咱们先回忆回忆小时候上过的历史课。老师讲到宋朝的时候，应该都会介绍下宋朝的政治体制。在机构设置上，宋朝有个非常大的特点，就是喜欢把权力分得稀碎。

为什么要这么弄呢？

这里面学问可就深了。

您各位都知道，自古以来，皇帝以下，就数宰相最大。千百年来，历朝历代的皇帝为了防着宰相，那真是什么招都用尽了。您比如说，蜀汉后主刘禅，他当皇帝的时候，是诸葛亮做宰相，后来孩子长大了，就嫌宰相管得太宽。但诸葛亮是先帝托孤的老臣，他拿诸葛亮没招。等诸葛亮一死，刘禅立刻就开始进行体制改革，先用尚书令、大将军和大司马把宰相的权力给分了，后来他干脆也不往宰相这个岗位上放人了，到蜀国灭亡的时候，宰相这个位子就跟空的一样。

唐朝的时候，皇帝也怕宰相专权，为此干脆设了好几个宰相，让他们自己互相掐。到了宋朝，虽然只有一个宰相，可宰相的权力几乎都下放了。军权给了枢密院，政权给了参知政事，财权给了三司使。

枢密院、参知政事跟咱们今天的故事没关系，老郭专门介绍一下三司使。

三司使执掌天下财政，三司，最初指的是三个独立的部门，一个管盐铁，一个管人口，一个管开销。后来这仨部门合并了，统一由一个人来管，谁当了这个三司使，谁就是全天下的财神爷！

当然了，因为三司使权力太大，朝廷又对这个岗位做了一些限制。具体细节咱就不说了，您就记着这一点就行：在宋朝，三司使是特别不好惹的一个官员。

权力这么大的官位，您想，朝野上下谁不惦记啊？为了抢这个位子，文武大臣一个个的甭提多卖力了，那点儿小心眼是全都用上了。

到四帝仁宗执政的时候，出任三司使的大臣是张方平。

这人什么来历呢？

咱得说，张方平可不是一个没有能耐的平庸之辈，此人能耐极大！而且他还有三个常人不能及的特点。

第一个特点是学习能力强，尤其是记忆力强。读书时能过目不忘，都快赶上移动硬盘了。张方平小时候家里穷，买不起书，他找人借了一套"三史"，拿回家自学。

那位问了，什么是"三史"啊？

它是三本史书，在唐开元以后，《史记》《汉书》《后汉书》合称"三史"。别看就三本，那文字量可真是不少了。结果小张借走了十几天就把书还回去了，全读完了！读书速度快还不算本事，恐怖的是，人家小张竟然把书的内容都记住了！不论什么书，他不用读第二遍。您看人家这脑子！

张方平的第二个特点就是业务能力强，而且能力范围广，在许多领域都体现出极强的专业素养。他是既懂管钱，又懂管人；既能带兵打仗，又会骑马射箭；搞起外交来也是一把好手；酒量非常好；还很有人格魅力。据说连契丹的皇帝都上赶着要跟他交朋友。

张方平的第三个特点就是胸怀天下，心里时刻装着老百姓。为了能让老百姓过上好日子，他敢跟皇帝直言进谏。您说说，这是一个多么优秀的官员。所以说，这个人当三司使，那是再合适不过了。

万万没想到，这么一个好官，竟然让包拯给弹劾了！

怎么回事儿呢？还是那句老话，"金无足赤，人无完人"，张方平有个事儿犯到包公手里了。

咱都知道，招会计最忌讳贪财的，而张方平恰好就犯了这一条。有地方上的土豪出卖自己家的产业，估计是卖得很便宜，张方平一时糊涂，就给买过来了。

先不说这里有没有强买强卖的事儿。作为三司使，添置产业必须谨慎，尤其是跟自己治下的土豪做交易，瓜田李下，再怎么小心，也难免被别人怀疑他是在以权谋私。所以包拯认为张方平不适合出任三司使，也是非常合理的。

咱们平心而论啊，包公这绝对不算没事儿找事儿、没碴儿找碴儿。你作为公职人员，扩展私人产业，还跟你管理的老百姓手里面买房买地，这确实是有以权谋私的嫌疑。你在那个位置上，就得有那个位置应有的思想觉悟！

宋仁宗也是这么想的，所以他就把张方平给撤了，换了另一位大臣做三司使，此人名叫宋祁。宋祁也有三个特点：清正、节俭、有文采。

您各位都知道"红杏枝头春意闹"这句词吧？这就是宋祁写的。

另外，他身上还有个传奇故事。他有个哥哥叫宋庠，哥俩一起去参加科举考试。考试成绩出来之后，这哥俩一下就成了全国知名的人物！因为什么？考得好啊！宋祁是状元，他哥哥是探花。

咱们在《捡史》里写过一个人，我不知道大伙儿还记得不记得，就是《狸猫换太子》里面的反一号，太后刘娥。

历史上刘太后的确做过国家的一把手，差一步就成为中国第二个女皇帝。可她没那么做，最后还是把权力归还给了宋仁宗。不过，宋祁、宋庠兄弟俩考试那年，刘太后还在一把手的位子上。老太太坚持认为弟弟的考试排名决不能排到哥哥的前面。而且宋氏兄弟都进了前三名，难免就有人说三道四，怀疑他们舞弊。这哥俩这么年轻就弄出这么大动静来，难保日后没有"枪打出头鸟"的事儿。

不过，人家哥俩的成绩在那儿摆着，愣把人家的状元给免了，也说不过去。最后老太太让了一步，点了哥哥宋庠当状元。宋祁呢？给了个第十名。

要说还是老太太考虑事儿周全。这样一来，哥俩非但没有招人妒忌，反而得到了大伙儿的同情。人们把这哥俩称为"宋氏双状元"。据说私下里把哥哥叫"大宋"，称弟弟为"小宋"。

哥俩进了官场之后，表现都很好。咱们放下宋庠不表，单说"小宋"宋祁。

宋朝，您各位都知道，一直被历史学家诟病，说它"积贫积弱"。其中一个很重要的原因就是宋朝的官员太多，招了这么些公务员，国家得给人家付工资啊！还有部队呢，部队你得给人家发军饷啊！工资和军饷从哪里来？从国库里面啊！那么问题来了，国库里面没钱啊！

宋祁在戍边的时候，老感觉军费不够用，就上书给皇帝，直言让皇帝精兵简政。为此，他还专门写了一本书，阐述自己的理念。按理说，让这样一个人来做三司使也没问题，但老包那关卡得严啊，包拯又找出宋祁的毛病来了。

什么毛病呢？首先，根据《宋史·列传第四十三》记载，包公认为宋祁不能当三司使，最主要的原因，就是宋祁的哥哥宋庠此时也在朝为官。好家伙！这天下不都成他们宋家的了吗？所以最后宋祁也被罢免了。

这回好了，三司使成烫手山芋了。谁干谁挨雷，那谁还敢接手啊？

这回皇帝犯了难了。三司使是大差事，没人干也不行啊，可是，给谁干呢？

琢磨来琢磨去，宋仁宗一拍大腿："得了！老包既然这么重视这个位子，干脆，你来！"想到这儿，皇帝大笔一挥，任命包拯出任三司使。

皇帝把聘书甩过来了，包拯是什么态度？包拯没犹豫，就四个字：走马上任！

这个操作让大伙儿都傻眼了。老包有两下子啊？还能这么玩儿？想干什么不直说，把人家都弄下去，然后自己来。嘿！这招玩儿得好啊！

可您别看大小官员们一个个心里都不痛快，您让他们像包拯一样站出来，还真没人有那魄力！最后，欧阳修一看不行，我得说话，欧阳修站出来了，上书指责包拯。

欧阳修指责包拯的这份奏折，现在还看得到。奏折的核心内容有两个，一个是说包拯矫枉过正，还有一个是批评皇帝太惯着包拯。

他批评包拯矫枉过正的时候还引用了一个典故，叫"蹊田夺牛"。咱们先解释解释这个"蹊田夺牛"是怎么个意思。

春秋战国的时候，陈国有一位国君，叫陈灵公。您各位都知道，孔子曾经困于陈蔡。这里的"陈蔡"，说的就是陈国和蔡国。这两个国家都不大，为了生存，都抱上了楚国的大腿。陈灵公荒淫无道，他的下属夏征舒于是发动叛乱，杀死了陈灵公。楚国作为陈国的带头大哥，不能干看着，就发兵把夏征舒给杀了。杀了人，你走不就完了吗？不！楚国顺手就把陈国给兼并了。

这么一来，楚国就遭到了很多人的批评，连他们自己人都有看不下去的。楚王手下有一位大夫，名叫申叔时，申叔时说："楚王您这么干，就是'蹊田夺牛'啊！"

什么意思呢？就好比说，我牵个牛把你们家庄稼给踩了，结果你把我的牛给抢走了。固然是我有错在先，但你这处理方法也着实有点儿太过激烈。说白了，就是量刑过重。

这就是"蹊田夺牛"的由来。欧阳修就拿这个做比较，说张方平跟宋祁确实都有做得不对的地方，但还不值当你上本弹劾他们。更何况你把他俩弄下来之后，又去占了他俩的位子，就更不合适了。

从这句话里，咱们可以分析出另一层意思。其实欧阳修也承认张、宋两个人确实有错。张方平那个咱就不说了，确实他事情办得不合适。可宋祁不是为了避嫌，都没敢上任吗？说不上有错啊！为什么欧阳修也说宋祁有问题呢？

说到这个，咱们就得谈谈宋祁的特殊爱好了。

有个民间传说，未知真假，咱们先给大伙儿交代一下。

说有一天，宋祁在回家的路上，碰到一个车队。一看就是皇宫里面出来的车队。即使身份高贵如宋祁，也得给人家让路。

眼看车从他眼前一辆一辆过，也不知道从哪儿传来一声娇呼："小宋！"

一听有人喊"小宋"，宋祁知道，准是叫自己呢。咱前文说过，他哥哥是"大宋"，他是"小宋"。小宋循声一望，见有一辆车上的帘子已经卷起来了，露出来一张妙龄女郎的脸。宋祁这魂都给抽走了。等人家车队走远了，他还在那儿站着呢。

这回他算是完了，一声"小宋"，喊得他是失魂落魄！脑子里除了那姑娘，什么都没有了。怎么回的家？不知道！

等到了家，小宋提笔就填了一首《鹧鸪天》：

画毂雕鞍狭路逢，一声肠断绣帘中。身无彩凤双飞翼，心有灵犀一点通。

金作屋，玉为笼，车如流水马游龙。刘郎已恨蓬山远，更隔蓬山几万重。

懂的都懂，这里面虽然引用了李商隐的诗句，但那种惆怅的相思之情是表达得淋漓尽致，这首词立马就传开了。大家都知道，"小宋"那是差点儿就当了状元的人啊！状元爱上皇帝的女人！好家伙，这是什么级别的绯闻！

后来这事儿就被吃瓜群众给传到宫里去了，皇帝听了都纳闷儿："谁啊，把我这宋爱卿弄得五迷三道的？我宫里有这样的美人，我怎么不知道？干脆，我来个成人之美！这俩要真是有意思，我就大方一回。"

皇帝就派人去查。最后还真有个宫女红着脸承认了。皇帝就把宋祁叫过来，俩人一相认。皇帝就给俩人赐了婚，赐完婚还逗宋祁："小宋，这蓬山看来也不远啊！"

好一段才子佳人的风流佳话！就是不太禁琢磨。

首先，宫女怎么跑到车上去了？不应该是在下边跟着走吗？

再说，就算在车上陪着主子。你一个小宫女，就敢擅自撩开帘子吗？

就有人说了，不会是皇帝的媳妇看上宋祁了吧？那……咱就只能说宋仁宗这心胸，不是一般的开阔了。总之，为什么宋祁会惹上这一类的传说，主要还是因为他确实是个风流种子。据说小宋一顿饭得吃三十六个菜，身边得有三十二个侍女伺候。这么过日子的人，你让他负责全国的财政？包拯对他放不下心，也不能说是没事儿找事儿！

但是欧阳修不这么看，他认为包拯就是小题大做，而且他严重怀疑包拯的品行有问题。他在奏疏里面还写了这么一句："白刃之威，有所不避；折枝之易，有所不为。"

什么意思呢？就是说，人家拿刀子吓唬你，你不应该屈服；手欠，摘人家树上的花，虽然看上去没什么大不了，但也不能干。有点儿"勿以善小而不为，勿以恶小而为之"的意思。欧阳修说了，身为政府官员，最重要的就是品德操守！

然后欧阳修还委婉地批评了皇帝，说他"贪拯之材，而不为拯惜名节"。这就是说，皇帝，你因为包拯有才能，就任由他这么胡来，这不是爱他，这是害他。最可气的是，包拯弹劾宋祁的时候，说宋祁他哥在朝中当官，所以他就该避嫌。那包拯弹劾下去两个人之后，他又把人家的官给当了，他怎么就不知道避嫌呢？！

这份奏章的分量不小。皇帝还没说什么呢，包拯自己辞职不干了，跑回家，躲清静去了。

您看，就是包拯包大人，也有扛不住的时候，也有耍小性子的时候。

这回，轮到欧阳修坐不住了。你话里话外挤对人家别有用心，现在人家不干了，你还能说什么？

三司使，这回是彻底没人敢干了。谁去都得担嫌疑啊！而且等于把欧阳修和包拯两头都得罪了，谁有那么大胆子？敢同时得罪这俩人？

张方平和宋祁也不能再回来了。让他俩回来，那不就等于说包拯错了吗？皇帝自己也下不来台啊。而且老张跟小宋也不想搅浑水啊！

最后没办法，据说还是皇帝亲自下旨，让包拯再出来做官。老包推托不过，最后还是出山了。

这还不算完，咱们看宋仁宗接下来的一波操作。

包拯出山后不久，仁宗先是任命欧阳修为参知政事，后来又让他做了刑部尚书、兵部尚书。张方平呢？被任命为尚书左丞，调到南京去了。宋祁因为长期跟欧阳修一起修著《新唐书》，工作业绩比较突出，书修成之后，也被封为尚书左丞，调到地方上去了。您瞧出皇帝的良苦用心了吧？这四个人最后都升了官，而且皇帝尽量不让他们往一块儿凑合。后来，皇帝正式任命包拯为三司使。等于说，最后宋仁宗还是认同了包拯的意见。

可惜包拯此时年事已高，被正式任命为三司使的第二年就病逝了，终年六十四岁，宋仁宗还亲自参加了包拯的葬礼。

宋祁呢，他比包拯还早走一年，说起来也巧，宋祁正好就比包拯大一岁，这俩人的寿数一样长。

这四个人里年龄最大的是宋祁，其次是包拯。欧阳修跟张方平同岁，他俩都比宋祁小九岁。四人中就数张方平活得久，一直活到了八十五岁。

看惯了艺术作品的人，会习惯性地在冲突中寻找正面角色和反面角色。咱们总是认为，在冲突中必定有一方是正义的，一方是邪恶的，只有在忠臣和奸臣，贪官和清官之间才会产生这么你死我活的争斗，其实不然！历史上常有这种事儿，忠臣之间，清官之间，因为政见不合而闹起来的事儿也常有！你说他们是为了一己私利吗？还真不是，都是为了国家、为了黎民百姓！

值得一提的是，很多人认为欧阳修为宋祁说话是因为他俩有私交。如果您这么理解，那就狭隘了。欧阳修跟张方平是政敌，要按这个逻辑来推，欧阳修就不可能替张方平鸣冤。我们可以确定，在这件事儿上，欧阳修是对事儿不对人的。

此外，咱们也可以从这件事儿里看到好的一面。包括宋仁宗在内的五位当事人，都是把解决问题放在第一位的，大家都是朝着一个共同的方向努力，那就是如何让大宋变得更好。人和人一起共事，彼此之间有认识上的冲突，再正常不过了，但您要正确认识这些冲突，千万别把它转化为私人恩怨，这是我们要从这件事儿中吸取的经验。

07

渣男：我断不思量，
你莫思量我

不是所有虫子

都能变成蝴蝶

前两天有朋友问我："郭老师，我看《谋事》里面有篇'胭脂虎'挺好看，能不能给我们写写古代的渣男呀？"

唉，你们这口味也是挺重的。

我写"胭脂虎"（也就是"母老虎"）的时候，多少提了几句渣男的事儿，篇幅所限，没展开细说。不过，既然朋友们有要求，咱今天就重点写写"渣男"。

什么叫渣男呢？顾名思义啊，就是说这男的简直是个人渣。具体怎么个渣法呢？我看了一下大家的归纳，对渣男的控诉主要集中在感情这一块，说他们跟女性交往的时候不认真，玩弄别人的感情，凡是这种男的，基本就可以划到渣男这一堆了。要再赶上个什么劈腿啊，出轨呀，那可就不是一般渣男了，就得算"渣男里的战斗机"。

不过，要跟古代那些渣男比起来，今天好些所谓的"渣男"简直不值一提。谁能想到在这种事儿上，也是一山更比一山高啊！我看了看，古代那些渣男简直渣出了艺术感，渣得浑然天成，您要不细琢磨，都感觉不出来他是个渣男！

就好比说司马相如吧，这就是一个典型的渣男。

您各位都知道，司马相如去长安前，还是个穷小子，卓王孙请他来自己家里做客，谁想他看上了卓王孙的女儿卓文君。卓文君当时是个孀居的少妇，丈夫去世，又搬回娘家来住。卓文君也对风华正茂的司马相如很有好感，从屏风后面盯着司马相如瞧。司马相如多机灵啊，马上耍帅，借主人请他表演才艺的机会，他就弹奏了一曲《凤求凰》。卓文君一听，明白了！当晚两人就私奔了！

可是，司马相如跟卓文君结婚没几年，就开始惦记别的小姐姐了。

自从司马相如的《子虚赋》获得汉武帝的肯定后，他这仕途就跟开了挂似的！您想啊，小伙儿长得又帅，又有才，还得皇上的宠，在朝廷上红得发紫。人一到这份儿上啊，想不膨胀都难！要说司马相如的老婆卓文君，那也算大美女了吧？而且她家对司马相如有恩，当年卓文君跟着司马相如私奔，卓王孙心疼女儿跟着穷鬼遭罪，给了卓文君一百名家奴，又给了一大笔钱。小两口这才能买房子置地，过上好日子。要没有岳父的帮助，司马相如能不能安心搞创作还得两说呢。

但到了这个时候，在司马相如看来，卓文君也不行了，黄脸婆啦！不是说"妻子如衣服"吗？不行，我得换件衣裳了！

司马相如每天一回家，就跟老婆玩儿冷暴力。卓文君给他端杯茶水来，问："夫君您想不想喝水啊？"

您再看司马相如那个劲儿："我想喝……哎？我又不大想喝！哎，我又想喝水了……"存心找别扭，怎么着都不行。

卓文君多聪明啊，瞧出来了，你这是好日子不打算好好过，要作妖啊？

您各位都知道，卓文君那也是才女，有文化，人家就算跟老公吵架，也不能跟有的家庭妇女似的："你说！你外面有小妖精没有？！谁？"那还是卓文君吗？那成泼妇骂街了。

人家卓文君有自己的招，先写了一篇《怨郎诗》给丈夫寄去，司马相如打开一看：

"一别之后，二地相悬。只说三四月，谁知五六年……"

司马相如一下就给打动了："这么好的媳妇不要，我离的哪门子婚呀？"

婚是不离了，可是司马相如这花心的毛病，还是没改。卓文君一看，再接再厉吧，又来了一首《白头吟》，这首诗里有一个名句："愿得一心人，白头不相离。"司马相如打开一看，好家伙！这首诗写得更感人啦！看完眼泪差点儿下来。

还没等他哭呢，卓文君那边第三首诗已经送到了，司马相如打开一看，这首诗叫《诀别书》，这首诗写得悲伤至极："朱弦断，明镜缺，朝露晞，芳时歇……"司马相如一看，柔肠寸断："别啊，咱有话好商量呗。"

得！从此以后，司马相如算是彻底让卓文君给管住了。

其实，司马相如的渣男属性只能算轻度的，起码他没真的抛弃卓文君。但是从司马相如身上，咱能看出渣男的一些共性来。

首先，好些姑娘都觉得，渣男嘛，肯定得是帅哥，要不他怎么能渣得起来呢？其实这个想法啊，是大错特错！帅哥未必是渣男，但有一个群体，确实是渣男的高发区。

什么群体呢？

才子！

也就是说，这男的，帅不帅的先搁一边，但凡您看这位风流潇洒，浑身都是该死的才华，还特别爱显摆。小女孩要遇上这种人，就得提高警惕了！自古才子多渣男，他那"该死的才华"往外一掏，十个小女孩，九个都得中招。

您比如说，南宋有个文学家，叫谢希孟。不过咱先说清楚，宋朝有两个谢希孟，一个男的一个女的。咱说的这个是男谢希孟。谢希孟这人厉害，二十多岁时就已经很有名气了。当时的人评价他"逸气如太阿之出匣"。"太阿"是上古的宝剑，意思就是说，谢希孟的才气，就跟宝剑出了鞘似的，能把人晃瞎了！

可是谢希孟一辈子郁郁不得志，他是研究程朱理学的。但是在谢希孟所在的时代呢，权臣韩侂胄主政，研究程朱理学的都被定成"逆党"，谁研究这个，谁就是异端邪说，您想谢希孟这样的，还能得好吗？

不过呢，别瞧谢希孟在仕途上混得不怎么样，女人缘倒是特别好。没辙，人家有才华嘛。他跟好多名妓的关系都特好，咱们儿得说清楚啊，宋朝那会儿，"妓"的概念跟现在不太一样。宋朝那会儿的"娼"和"妓"，只能说不算标准的"良民"，但她们的主业也不是做皮肉生意，很多都是职业歌女、舞女，本质上应该算艺人。

谢希孟就经常跑到青楼，看名妓小姐姐们唱歌跳舞，找人家谈恋爱，还给一位心爱的小姐姐盖了一座楼，起名叫"鸳鸯楼"。您想，谢希孟又有才气，又舍得花钱，那还不把这帮名妓弄得五迷三道的？但谢希孟是个典型的渣男，这个人心里没有长情，用当时的话来说，这是个凉薄之人。

谢希孟填过一阕著名的词，很能体现他的"渣"，《全宋词》还收了这首词，叫《卜算子·赠妓》。这阕词怎么写的呢？

> 双桨浪花平，夹岸青山锁。你自归家我自归，说着如何过。
> 我断不思量，你莫思量我。将你从前与我心，付与他人可。

甭说是女的，就是男的，听见这么几句，都够寒心半天的。什么叫"付与他人可"？合着咱这感情是共享单车？你用完了我用？这算怎么回事儿啊！

但是谢希孟至少还占一点好，至少他渣在明面上，他自己也知道自己渣，因此也不掩饰。咱们接下来要写的这位渣男就更著名了，唐朝的大诗人元稹。

"曾经沧海难为水，除却巫山不是云"，您要光看元稹这两句诗，谁都得以为，作者绝对是个痴情种子。"除却巫山不是云"，什么意思？"别人也挺好的，可她们都不是你啊！"您看看，多感人。

谁能想到，就是这么一位才华横溢的大诗人，对待感情的态度却是相当不负责。

您各位都知道，元稹写过《莺莺传》。到了元代，大剧作家王实甫还以《莺莺传》为基础，写了杂剧《西厢记》。根据史学家考据，《莺莺传》正是元稹用自己的一段风流韵事改编的，对崔莺莺始乱终弃的那个张生，其实就是元稹自己！

当然了，元稹也给自己洗白过，硬说这个故事是从同事那里听来的。但到了北宋，王性之经过反复考证，确认这个故事说的就是元稹自己的事儿。崔莺莺是永宁县尉崔鹏之女，莺莺的母亲跟元稹的母亲是亲姐妹，两位老夫人都是睦州刺史郑济家的女儿，所以说，元稹与崔莺莺是嫡亲的表兄妹！

明代的胡应麟、瞿佑，包括近代的鲁迅也都对这个看法表示认同。这说明什么？元稹的解释纯属欲盖弥彰！

为什么元稹又要写书炫耀这件事儿，又不愿意别人知道这是他自己的事儿呢？

您容我把这段公案从头说起。

贞元十五年（799年），年仅二十一岁的元稹离开了长安，去山西蒲州，就是今天的山西永济，做了一个九品芝麻官。那个年月，时局不稳，常有乱兵扰乱地方。崔莺莺跟着母亲路过蒲州，就碰上乱兵了。您说怎么就那么寸，娘俩偏就赶上元稹路过！真是前门拒虎，后门进狼啊。元稹虽然不会功夫，但他头脑精明，嘴皮子利索，靠着三寸不烂之舌一顿絮叨，居然就把乱兵给劝退了！

不得不说，元稹确实有两把刷子。这一出"英雄救美"，乱了莺莺的芳心。您想啊，小伙儿长得又精神，又这么聪明能干，莺莺怎能不爱？元稹也对莺莺一见钟情，一来二去的，两个年轻人就好上了。

据后人考证，元稹的诗句"拂墙花影动，疑是玉人来"，说的就是自己跟崔小姐约会的事儿。但好景不长，元稹"旋即弃之"，没多长时间，就把莺莺给甩了。甩了也就算了，还写了《莺莺传》给自己洗白，说人家姑娘是尤物、妖孽，还把自己对人家姑娘的始乱终弃，美化成了"予之德不足以胜妖孽，是用忍情"，就是说，我知道自己的德行不足以战胜妖孽，所以只好克制感情。

人嘴两张皮，反正都使得。天下的理都让他元稹一个人占住了，人家莺莺赔了感情又赔了名誉，他是一点儿也不在乎！

您就说，元稹是不是大渣男吧？

为了谋取功名，贞元十七年（801年），元稹回到长安，连续参加了两次科举考试。为什么考两次？第一次没考上呗，也是他耽误人家闺女，老天爷惩罚他。但是，第二次他考上了，贞元十九年（803年）春发榜，元稹考中了书判拔萃科第四等，被留在秘书省任九品校书郎。而且呢，这一年元稹红鸾照命，当时的京兆尹韦夏卿相中了他的才华，要把自己的小女儿韦丛嫁给他。

对于出身小地主家庭的元稹来说，这无疑是一门非常值得结下的亲事。

元稹想都没想就答应了，马上就娶了亲，因为元稹在京城没有房子，小两口干脆就住在岳父家。说起来啊，虽然韦丛是名门之后，但这个姑娘对元稹可真没的说！俩人结婚的时候，元稹就很穷，当时他只是个"从八品"的小官，一年的俸禄只有五十石粮食，要靠岳父接济，日子才能凑合过下去。可是没过几年，元稹的母亲就去世了，按照规定，元稹得"丁忧"，简单说，就是停薪留职，回家守孝去。好容易丁忧期满，刚回京城没多久，岳父韦夏卿又死了！这一下元稹可倒了霉了，本来他也没什么钱，现在韦家人自顾不暇，哪里还顾得上他们小两口呢？

元稹家里简直连锅都揭不开了。要说韦丛，那真是一个贤良淑德的女子，虽然人家打小就是千金小姐，但面对这个状况，也毫无怨言，就守着这个穷家，帮着元稹熬日子。为了省钱，韦丛亲自从事各种家务劳动，可她一个知书达理的大小姐，哪里过得了这么苦的日子？没过几年，韦丛就香消玉殒了，去世时年仅二十七岁。

媳妇死了，元稹伤不伤心呢？应该说，还是很伤心的。为了悼念亡妻，元稹写了著名的悼亡诗《遣悲怀》，一共三首。其中有两句您一定听过："诚知此恨人人有，贫贱夫妻百事哀。"

每次看到这两句诗，我就想起一句老话："酒肉朋友、米面夫妻、饽饽儿女、财帛亲戚。"没吃没喝的时候，说别的，那都是扯。用你们年轻人的话说，"没有物质的爱情就像一盘散沙"，风一吹，哎，就散了！

光看他和韦丛的故事，您是不是觉得，元稹起码对老婆还可以？

不不不，我得提醒您一句，就在韦丛死前几个月，元稹一生中名气最大的红颜知己就出现了，这一年元稹出使四川，与名妓薛涛一见钟情。

薛涛的名气之大，不亚于元稹，她发明的"薛涛笺"，现在还有人在仿制。薛涛也是好人家出身，怎奈父亲早逝，家道中落，薛涛十六岁就被迫做了官妓。不过，她不但生得貌美，还颇有才情，而且毕竟是官宦人家的小姐出身，举止大方，见多识广，当时很多社会名流都愿意和她结交。按今天话说，这是妥妥的社交名媛了。

遇上元稹这一年，薛涛已经四十出头，但她保养得当，风韵犹存，元稹这时候才三十出头，风华正茂，两人一见如故，由此爆发了一段轰轰烈烈的姐弟恋。这可不是我瞎说，有诗为证啊！元稹离开四川后，还写过一首《寄赠薛涛》，非常直白：

锦江滑腻蛾眉秀，幻出文君与薛涛。

言语巧偷鹦鹉舌，文章分得凤凰毛。

纷纷辞客多停笔，个个公卿欲梦刀。

别后相思隔烟水，菖蒲花发五云高。

这首诗和元稹当年写崔莺莺的《会真诗三十韵》风格相近，冶艳轻浮，文学价值不高，但也挑明了自己与薛涛的特殊关系。"别后相思隔烟水，菖蒲花发五云高"，都"相思"了，能说俩人没感情吗？

薛涛比元稹大了十多岁，她自己也时常对年龄感到焦虑，在她写给元稹的《春望词》里还有这样的诗句："风花日将老，佳期犹渺渺。不结同心人，空结同心草。"意思是我马上就要老了，你也不给我一句准话，到底什么时候娶我，看来你对我不是真心啊！

可能薛涛觉得元稹的原配夫人身体不好，快要去世了，自己终于有机会取而代之了，这就得说，薛涛太不了解渣男了！元稹本来就是一个四处留情的浪荡子弟，他连崔莺莺都瞧不上，又怎么能娶一个身份低贱的官妓呢？元稹这人，渣归渣，脑子非常清楚，跟官妓厮混，对他来说是个风雅有趣的消遣，如果交往到了大美女、大才女，那肯定还得拿出来炫耀炫耀。但要说到娶妻，那我必须娶对自己仕途有帮助的。

写诗就算是有真心了？您看自从韦丛去世后，元稹写的悼亡诗多动人啊——"惟将终夜长开眼，报答平生未展眉。"意思就是，我只能彻夜不眠，辗转反侧地思念你，来报答你生前为我操劳奔波的恩情！

感人吧？他真的"终夜长开眼"了吗？

没有。

韦丛去世后，元稹也没有再去找薛涛，他看上了当时"参军戏"中红极一时的女主角刘采春。刘采春演出，元稹必定去捧场，写赞美刘采春的诗文。两人如胶似漆了许多年。您要知道，刘采春是有夫之妇，而元稹当时是越州刺史，朝廷命官！但元稹对自己与刘采春的关系也毫不忌讳，公开评论说刘采春"诗才虽不如涛，但容貌姝丽，非涛所能比也"，还捧一个踩一个呢，你看看这人！

这个时候，薛涛还没能从对元稹的痴情里走出来，连元稹的好朋友白居易都看不下去了，写了一首《赠薛涛》，我感觉是在婉转地点出元稹已经另有新欢的现实，劝薛涛迷途知返，不要再对元稹抱有幻想。原诗是这样的：

> 蛾眉山势接云霓，欲逐刘郎北路迷。
>
> 若似剡中容易到，春风犹隔武陵溪。

"蛾眉山势接云霓"，化用了元稹的"锦江滑腻蛾眉秀"。我觉得白居易是想说："我说的是你和元稹的事儿啊。"

"欲逐刘郎北路迷"，这是用了"刘阮天台"的典故。民间传说，汉朝时，剡县出了件怪事儿，刘晨、阮肇二人去天台山采药，遇到了两位仙女，与之欢好，从此就住在了仙女家里。刘晨、阮肇留恋女色，住了半年才提出要回家看看亲人，可是等他们走下山后，才发现山外早已换了人间，家园屋舍、亲友故旧都没了踪影。四下打听了好久，才有人说，刘晨是他们家的先祖，据说都已经迷失在山中，而这个说话的人，竟然是刘晨的七世孙！刘、阮二人无奈，只得再次进山寻找仙女，但这一次却怎么找也找不到了。这个典故经常被用来暗示男女幽会，白居易说薛涛"欲逐刘郎北路迷"，我觉得意思就是：你别追元稹了，他不会再让你找到他了。

"若似剡中容易到，春风犹隔武陵溪"，我觉得意思是：就算你像剡县的刘晨、阮肇一样，能轻易遇到仙女，你们也不可能鸳梦重温，再度春风。为什么呢？因为你们俩中间隔着一个武陵溪。当时薛涛在四川，元稹在浙江任越州刺史，身边已经有了年轻貌美的刘采春。

元稹这人有个爱好，给喜欢的女人写诗，刘采春也不例外。他曾写过一首《赠刘采春》，公开赞美刘采春的容貌和歌喉：

> 新妆巧样画双蛾，谩里常州透额罗。
>
> 正面偷匀光滑笏，缓行轻踏破纹波。

言辞雅措风流足，举止低回秀媚多。

更有恼人肠断处，选词能唱望夫歌。

当然，他跟刘采春也没能长相厮守。元稹被贬江陵时，还纳了一个妾"安氏"，安氏病死了，元稹又娶了一位夫人续弦。

也有人提出来，说元稹纳妾也好，续娶也好，都是有苦衷的，不能一概视为渣男行为。也许吧。但薛涛这事儿怎么说？刘采春这事儿怎么说？再早的崔莺莺又怎么说？这几个小姐姐跟谁哭去啊？

所以说，元稹是不是有苦衷，这个见仁见智，您各位随便评论，但要说元稹不渣，恐怕是说不过去。

总之呢，我得出这么一条定律，自古才子多渣男。咱们之前写过苏东坡，苏东坡是我很欣赏和喜欢的大诗人、大词人，可是他也置办了一大堆的侍妾、家妓。"天涯何处无芳草"就是苏东坡说的，可想而知，这位对女性会是什么态度。

当然了，古人毕竟受时代所限。古代生产力水平低，大家的文化水平、认知水平也低，咱们今天就不一样了，新社会了嘛！所以说，姑娘们，咱们可不能再为了渣男犯傻了。咱们今天面对渣男应该是个什么态度呢？我记得以前看过个笑话，说有个书生，发达以后，也嫌结发妻子老了，想再找个年轻的小妾，就写了一个上联给媳妇看："荷败莲残，落叶归根成老藕。""藕"通"偶"，这就是点媳妇呢，意思是，你已经是黄脸婆啦，"老藕"啦！

媳妇一看，冷笑一声，马上对了个下联："禾黄稻熟，吹糠见米现新粮。""现"跟"见"音近，"粮"跟"娘"音近，意思就是：什么老藕？我是你"新娘"——新的老娘！还不滚过来，拜见老娘！

列位，再遇上渣男，您就这么对付他们就行。

08

招聘：你是找会办事儿的呢？
还是找道德模范呢？

将军额上能跑马

宰相肚里能撑船

最近看新闻，发现一个规律：不管什么事儿，热度也就那几天。风头一过，事儿也就完了。但是有一种现象，热度持续的时间特别长，随时炒随时管用，那就是"炒CP"。

炒CP这手法，古人早就用过。什么"萧规曹随"啊，"李白杜甫"啊。西汉初年有好几对国民CP呢。不光有"萧规曹随"，还有"陆贾郦生"，这俩都是耍嘴皮子的。还有刘邦身边的两员大将周勃、灌婴，简称"绛灌"，这俩都是带兵打仗的。还有一对国民CP，经常被人提起来的，有句俗话说："你有张良计，我有过墙梯。"我认为这句话应该还有一个说法，就是："你有张陈计，我有过墙梯。"

这里面的"张"，说的就是张良，"汉三杰"之一。"陈"呢，说的就是陈平，后来也是封侯拜相。这俩都是谋士，皇上身边的高参。相比较来说，张良出的主意大多是阳谋，稍微高端大气一点儿。而陈平这边就差点儿意思了，他那些主意好用是好用，但几乎都不能拿出来说。

有些朋友读过历史，对刘邦这个人比较熟悉，肯定就得说了："给刘邦支招，也不用考虑道德底线的问题吧？刘邦这人哪里在乎道德底线啊？想当年，项羽在城墙上支了一口大鼎，把刘邦的父亲绑起来扔到里面，威胁刘邦："你要是不赶紧投降，我就把你爹煮了！"

道德绑架这种事儿，刘邦打从生下来就没怕过——我压根儿没道德，你怎么绑架我？！

当时刘邦就说了："哎呀！项羽，咱俩可是结拜的兄弟呀！我爹就是你大爷，你怎么能煮你大爷呢？！你让天下人怎么看你？！这样吧，你要真铁了心煮了你大爷，你就煮吧，煮熟了记得分给我一杯肉汤啊！"

您说说，这么一个泼皮无赖，他在乎手底下的谋士出的主意能不能拿上台面吗？有道是："鱼找鱼，虾找虾，蟾蜍专找癞蛤蟆。"有什么样的主子就有什么样的臣子。陈平辅佐刘邦，那是正合适！

您要这么说，我也不能说您错。为什么呢？刘邦这个人的道德品质的确是有问题。可是您别看刘邦都流氓成那样了，陈平给他献计的时候，他愣是含糊了！这么一个没底线的人，这一刻突然开始考虑道德层面上的问题了！那陈平这人究竟干过什么事儿，让刘邦都这么纠结呢？

咱们得从陈平小时候的故事说起。

陈平是河南原阳县人，也有说他是兰考县人的，我个人更倾向于第一种说法。什么时候出生的？不知道。他父母去世早，剩下陈伯、陈平小哥俩过日子。

陈伯是陈平的哥哥，"陈伯"也不是什么正经名字。咱反复说过，古人是按"伯仲叔季"排行。所谓"陈伯"，其实就是"陈老大"的意思。老大已经娶媳妇了，但是并没有跟陈平分家，反而一直照顾着弟弟。家里有三十亩地，都是陈老大在种，陈平根本就不干活儿。是因为他懒吗？也不是，就是哥哥宠他。陈平有时候也不好意思，说："哥，我跟你一块儿下地吧？"

陈老大就说了："不用，你好好在家念书。"

"念完了，主要咱家也没几本书。"

"那你出去玩儿吧，家里的活儿你都不用管。去吧，有我呢。"陈伯说完扭头就走，完全不给弟弟机会。陈平拗不过他哥，只好再出去玩儿一天。

那有人问了："陈老大怎么这么宠他弟弟啊？"

嗐，骨肉之情还有什么可说的？陈老大也算是半个哥哥半个爹，觉得爹妈走得早，得照顾好弟弟。另外还有一层意思，这就是老生常谈了，叫"望子成龙"。只要是当了家长，就希望孩子要比自己强。说俗点儿，陈老大就是希望弟弟能更有出息，让这个家能改换门庭。

"那他为什么不自己好好学习呢？读书从多大岁数开始都不晚啊！"

这个咱们就不知道了，或许是兄弟俩资质不一样，或许就是陈伯单纯想把机会留给弟弟。从史书记载上，看不出这哥俩在学习能力上有什么区别。但是有一点，他哥远不如他，就是陈平这小模样确实难找。

《史记》上说，陈平"长大美色"。说白了，就是又高又帅。究竟有多高多帅呢？大概就跟我差不多吧！陈平走到哪儿，都能给人眼前一亮的感觉。

有人说了："模样好才配读书吗？"

当然不是。不过您得这么想，您家里要是有这么一个孩子，您舍得让他下地吗？人之常情，自古如是。但是，哥哥的这份宠爱对陈平来说不一定就是好事儿。

据说有一天陈平在外边走，遇上俩熟人。熟人张嘴就问："平大少这是又上哪儿玩儿去？"

陈平不知道话里有话，还搭茬儿呢："能上哪儿去啊，就是出去转转。"

"跟我们还保密？准是去酒馆、骡马市、戏园子，到那儿找朋友玩儿去，对不对？"

"瞧您说的，我们家的家底您还不知道吗？我哪儿有钱去那儿啊。"

"不能够，您家肯定有钱。就是您哥哥没钱，您也有钱。"

"怎么可能呢？我还吃我哥的呢，我能比他有钱？"

"不能够啊！你们一家子都没钱，怎么就你一个人溜光水滑、满面红光的啊？"

一句话差点儿没把陈平噎死。谁都听得出来，人家这是臊自己啊。

有人说："这俩人是不是多管闲事儿啊？"

不能那么说。乡里乡亲的，都是看着这哥俩长起来的。哥哥天天下地干活儿，苦熬苦掖，弟弟游手好闲，什么都不干。街坊们难免说闲话，这也是人之常情。

这还不算。外人说这个，事儿还不大。但他家里还有个嫂子呢。嫂子看他天天这么游手好闲，时间长了，难免也有闲话："别人家兄弟两个都能互相帮把手，您看我们家这个，有还不如没有呢！"

凭良心说，嫂子这话重是重了点儿，可不是不通情理。谁想到这话让陈老大听见，当时就把这媳妇给休了。

当时的婚姻法也确实不合理。不过可以看出来，这哥哥对弟弟确实是疼爱得厉害，甚至可以说是溺爱了。

日子就这么一天天地过，眼看着陈平也长大成人了。他多少也能干点儿活儿贴补家用了。

有人问了："不是说老大不让弟弟干活儿吗？怎么？陈伯改主意了？"

那倒没有，陈伯一直不愿意让弟弟干农活儿，别的活儿还是可以干的。

听过相声《白事会》您都知道这么一句话，叫："红白喜寿事，这个没有内行办，你是白费钱办不好。"历朝历代，不管你什么家庭，哪怕是皇上家出了红白事，都得找专业人士处理。陈平不见得是内行，但他识文断字。再加上这几年，他交了不少社会上的朋友。当地一些大佬也跟他挺熟，所以当地百姓家里出了丧事，都会请他帮着处理。

有一回，附近一个大户人家出了白事，陈平跟着忙活。吊唁的客人里面有位"户牖富人"，名叫张负。此人不但腰缠万贯，还很有名望。他出名也不光是因为有钱，还因为有个孙女。您可能要问：有孙女有什么了不起了？主要是他家这孙女太神奇了，全世界都难找。前后嫁了五家，五个丈夫全死了。咱也不知道是怎么回事儿，反正是一个都没留住。

再找一家？谁敢要啊？！您别说那个时代了，放在现在，搁谁家，谁家里人不别扭啊？这把张大爷愁得没招。出来吊丧，也备不住是为了换个心情，这也实在是没主意了，要不然谁拿奔丧转运啊？

结果一来还就来对了！本家出来忙活事儿的不少，但是谁也盖不住陈平的风头。这小伙儿，你说这模样，尤其还是念过书的，"腹有诗书气自华"啊！这气质就跟别人不一样！张大爷一眼就看中了。

看中了那就赶紧提亲吧？不，人家张大爷还要暗中考察考察。

有人说了："孙女都那样了，还考察？"

那怎么了？谁的孙女谁不爱啊。你们是嫌弃，人家当祖父的爱不够。

张负心说：别看小陈平模样好，要是没品德，没前途，说死也不能把孙女给他，我情愿养活孙女一辈子。

心里打好了主意，张负就不着急走了。看着天快黑了，陈平也忙活完了，辞别了东家往家里走。张负就带上人偷偷在后面跟着他走，等跟到陈家这么一看：这家人真穷啊，连个大门都没有，门口挂条草帘子。但是，低头这么一看，陈家门外的地上都是一道道大车车轮碾的轱辘印儿。其中有几道印儿他还认得，整个县里出门坐得起车的，张负全都认识。这都是当地的一些大佬的马车留下的痕迹——也就是说，陈平家里虽然穷，但交际并不浅。

张大爷当时就打定了主意，孙女必须得许配给他。

回家之后，张负就跟儿子商量孙女的婚事。张负有个儿子名叫张仲，您听出来了吧？敢情这有钱人也不会起名字。陈平的大哥叫"陈老大"，张负这儿子叫"张老二"。

张负一提这亲事，张仲哪儿乐意啊，就跟他父亲念叨："陈平我可知道，他们家太穷了。穷还不要紧。一个大小伙子，一天到晚无所事事，整个县里一提到他，全都笑话。您把孙女嫁给谁不好？非得嫁给他？"

张大爷听完这话，一点儿也不着急，当时就问儿子："你见过陈平吗？"

"见过啊。"

"怎么样？"

"好看！男人里面太难得了。"

"对啊，我就问问你，穷人有长他这样的吗？换句话说，长了这副模样，还能穷一辈子吗？"

说实在的，就张负这两句话啊，特别耐琢磨。不过咱们在这里就不深研究了。总之，这孙女是给了陈平了。

那陈平乐意吗？乐意啊！因为贪图人家的财产吗？应该不是。怎么判断的呢，那这就得往后说了。

有了张负家的支持，陈平的交际面就越来越广了，人也就越来越有威望。但是他也没放下自己的老本行，只不过以前都是帮着人家办白事，现在，陈平开始在当地的祭祀活动中崭露头角了。

说起这祭祀啊，很复杂，尤其在咱们中国。数得上名字的神仙，就有好几千口子。但是都不乱，互相之间谁也不碍着谁，各司其职，各有香火。您就拿考试来说吧，过去赶考的书生，都拜孔圣人或者文曲星。农村人拜土地，城里人拜城隍。每家每户还要供奉灶王爷。虽然户口本上没有他，但灶王爷才是一家之主嘛。

这一年，村里祭拜土地，里面有一个环节是"分肉"。就是把祭祀土地爷的供品里面的肉，挨家挨户给分了。

上供神知，撤供人吃，祭祀的流程一贯如此。清朝时期满人祭祀的礼仪中祭祀用的肉，都是把家养的猪杀了，煮熟了，再祭祀天地祖先。分的时候，也是象征性地分，一人分一点儿白肉。

秦末汉初的时候可不是这样的，陈平村里祭祀用的肉，都是猎手打猎弄来的。当时村里的人一年到头，兴许就能吃上这一回肉，所以分肉是很有学问的。

按道理说，应该是全村的人平均分配。但负责分肉的那个人难免都会有点儿偷手。谁跟他关系好，他就给谁多分一点儿；关系次的，往往就少分一点儿。还有那爱吃独食的，一人就给切薄薄的一片，肉片搁月亮底下都能透过光来，剩下的他自己都拿走。

可是陈平分肉就分得很公平，父老乡亲交口称赞。陈平自己也很高兴，别人夸他，他还有点儿上脸，拍着胸脯说："您放心，就算全天下的肉都让我分，我照样分得这么好。"

他说这话的时候，我估计也就是单纯地想卖卖狂。谁能想到，日后他封侯拜相，还真就做起了"给天下分肉"的活儿。

他是怎么一步一步爬到那个位子的呢？说实话，也是秦始皇给他的机会。

秦始皇统一天下，实行严刑峻法，把天下百姓压得喘不过气。这才有陈胜吴广起义，天下云集响应，四方豪杰之士纷纷揭竿而起。尤其是被秦国灭掉的六国子弟，他们对秦国的统治早就心怀不满，此时不反，更待何时？

其中，影响最大的就是项家叔侄——项梁、项羽率领的楚国子弟兵。

陈平的老家原本位于魏国的国境内。陈胜攻占此地之后，找了一个魏国宗室的后人，立他为魏王。陈平一看，这是个机会，就投到了当时的魏王门下。待了一段时间，陈平觉得在魏国混啊，没前途。说是个国家，却像纸糊的一样，架不住人家项羽吹一口气。所以，他干脆就直接投靠到项羽门下了。

起初在项羽这儿他还挺受重用的。但是，项羽您都知道，不是人脾气，说翻脸就翻脸，一瞪眼就要宰人！有一次作战失利，项羽一肚子火没地方撒，就准备拿陈平开刀。陈平提前得着消息，撒丫子就跑，一直跑到了汉王刘邦那里。

他在投靠刘邦的路上还出了个小意外。他要去刘邦那儿，得先渡过黄河。别人渡河都没事儿，陈平倒霉就倒在他那模样上了。船夫一看，此人又高又帅，仪表堂堂，肯定不是一般人，身上准有金银财宝！船夫就打算谋财害命。

陈平一看，这船夫看自己的眼神不对，心知不妙。您想啊，他是出来逃难的，哪儿有珠宝啊。可是您直接跟人家说"我没钱"，人家也不能信啊！

不过，陈平还是有主意，他当着人家的面把衣服脱了，光着膀子帮人家划船。船夫一看，这人身上什么都没有，也就丢下那杀人越货的心思了。陈平这才捡回一条命。

见到刘邦之后，咱得承认，陈平这小模样确实挺抓人，再加上他颇有才干，所以很得刘邦的重用。刘邦甚至还让他监督自己手下的将军。这样一来，将军们不乐意了："凭什么啊？一个新来的，居然骑到我们头上来了？不行，得治治他！"

开头咱不是提过刘邦身边有两员大将吗？就是历史上并称为"绛灌"的周勃和灌婴。这俩当时就组 CP 了，不但组了 CP，还商量好了，俩人一块儿去给陈平上眼药。

俩人到刘邦跟前，好一通白话，说陈平以前在家的时候就跟他嫂子不清不楚，而且这人已经跳槽两回了，忠诚度有问题。最严重的是，陈平这人贪污受贿！谁给他钱多，他就对谁好；谁没给他钱，他就给人家栽赃！

他俩这么一说，刘邦也开始含糊了："敢情陈平这人这么不是东西哪？这人我用错了啊，这怎么办好呢？"

当着周勃跟灌婴的面，刘邦没有表态，等这两人走了，刘邦找人咨询了一下。

找谁？您各位都听过"萧何月下追韩信"的故事。韩信能做大将军，靠的是萧何的引荐。陈平也有自己的介绍人，此人名叫魏无知。别看名字叫无知，人家可不白给。刘邦一找他，他就大概其知道是因为什么事儿。果然，见面以后刘邦就开始撅他："你怎么给我介绍这么一个人呢？我做人就够没底线的了，你怎么给我弄一个比我还没底线的呢？"

魏无知一点儿也不着急，把嘴一撇："汉王，你找人是找会办事儿的呢？还是找道德模范呢？我给您推荐陈平是因为他有才干，不是因为他道德水平高。您要是觉得他的才能很可用，人性次点儿又有什么呢？"

一番话把刘邦说没词了，但他还是放不下心。轰走了魏无知，他又把陈平叫来了。

刘邦这人就这点好，开门见山。但就算是他，也不能见着陈平就直接问："听说你跟你嫂子有事儿啊？"这让陈平怎么说？"啊，我嫂子可嫌弃我了，我哥因为这事儿把她给休了。"人家跟他说不着啊！

所以刘邦想了想，问他："为什么你早先跟着项羽，忽然就不跟了，又来找我了？"

陈平赶紧解释："项羽用人，只重用他们姓项的，外人他都信不过。我听说您善于用人，您要是看得上我的才干，您就用我。您要是觉得我这人不行，您给我的工资、奖金还有采暖费、住房补贴什么的，我一分都没动，都还给您，我这就走。"

刘邦一听，心里想：嗯，这人厉害。既解释了他为什么跟着我，捎带脚又表达出自己不贪财，这是高手啊！

于是刘邦反过来给陈平赔了个不是，从此更加信任他了。

关于陈平早年的经历，咱就说到这儿了。从这段经历看，陈平这个人并不像坊间传的那样，什么品质低劣啊，什么小人行径啊，那都是谣言。

陈平为什么会有这样的名声呢？老郭在这里给您各位留个悬念，您有想法，可以写信给出版社，咱们大家一起探讨探讨。

09

耿直：情与义，值千金

宁学桃园三结义

莫学瓦岗一炉香

前文写到西汉的宰相陈平年轻时长得又高又帅，虽然家里穷得要靠给人主持葬礼为生，但还是走到哪儿都吃香。陈平的同乡张负出席朋友的葬礼，看见陈平这小模样，就想把自己的孙女许配给陈平为妻。张负的儿子一听不乐意了："凭什么把我闺女嫁给这穷鬼啊？"张负就批评儿子："你见过那孩子长什么样子吗？我就问问你，穷人有长他这样的吗？换句话说，长了这副模样，还能穷一辈子吗？"

有句话叫"好看的脸蛋能长大米"，今天看来，也不是没有道理！古人也挺注重颜值的。比如咱们接下来要说的这位，就是因为长得好看，才捡回了一条命。

秦朝末年，天下大乱，地处中原的南阳郡多次遭到战火的洗礼。好家伙！人脑子都打出狗脑子了。但是，明白人都知道，想打天下，不能光会搞破坏，还得懂得维护社会秩序。饱经战乱的南阳慢慢恢复了社会秩序，虽说衙门里换了一拨儿新人，可大家还是该上班上班，该工作工作。

这一天，当地政府工作人员要处决犯人。来到刑场，监斩的官员一声令下，犯人们陆续被扒去衣服，散开头发，受那一刀之苦。按下别人暂且不说，单说有一个犯人，此人身材高大，披着一件长袍，左顾右盼，气定神闲，仿佛一切都与自己无关！在众人中显得格外矫矫不群！

那位问了："这人谁啊？"

此人名叫张苍，原籍阳武，也就是今天的河南新乡原阳县。提他，知道的少，我再提俩人，您或许就知道了。这俩人一个叫韩非，另一个叫李斯，都是上过历史课本的。

提他们干吗呢？不干吗，这俩人跟张苍是师兄弟。他们仁都是荀子的徒弟。

荀子都知道，儒家大师，收了不少徒弟。"云鹤九霄，龙腾四海"——这是没有的事儿啊，人家收徒弟不给字。荀子的徒弟中最有名的就是韩非、李斯跟张苍三人。后来韩非别开天地，另创一家，自立一家门户，成为法家的集大成者。李斯写下一封书信，跟老师断绝关系，入了秦朝当宰相。就剩下这位张苍张爷，还在门户里待着。

学成之后，张苍也走了仕途，他投奔了秦王，从事法律工作。

张苍从小就喜欢研究法律，这也是他最擅长的领域。要说荀子教徒弟也是挺绝的，荀子是儒家大师，但是教出的徒弟，全跑法家那边去了。

张苍虽然从事法律工作，自己却老是犯法。关键犯了法他还不服法，趁人不注意，直接跑回家了！后来刘邦造反，攻打南阳，他就趁机加入了刘邦的阵营。谁也没想到，就在这段时间，他又犯法了。研究法律的人老犯法，这也确实是个问题。

两次犯法犯的都是什么法？史书没有写，但是第二次他犯的肯定是死罪，不然今天不能到刑场上来。

死刑犯一个个被砍头，终于轮到张苍了。差人们如狼似虎，一拥而上，把张苍衣服一扒，就给摁到行刑台上了。眼看刽子手把刀一举，要落还没落的时候，就听刑场以外有人高声叫道："停刑！"

刽子手赶紧收刀，差点儿没把腰给闪了。

是谁喊的呢？大伙儿定睛一看，是一位将官。

这位将官为什么要揽刑呢？很简单，就是看上张苍了。

《史记·张丞相列传》记载，张苍"身长大，肥白如瓠"，堪称"美士"。

什么意思呢？就说这人啊，身量高，壮，皮肤还白。白得跟瓠一样。

什么是瓠呢？瓠，咱们一般叫瓠子，或者瓠瓜，葫芦科，但它长得不太像葫芦，倒像个小号的冬瓜。瓠子外边是浅绿的皮，切开来往里看，瓜瓢儿又白又水灵。

史书上光描述了张苍的身材，没写他长什么模样，想来也不能太差吧？反正，就因为张苍的长相好，当时就博得了这位将官的青睐。将官先叫人把张苍看住了，转身又去找刘邦求情。

刘邦一看这位将官来了，赶紧起身："大哥，您怎么来了？"

这人也不客气，有话直说："兄弟，有件事儿，你办得有点儿着急了。"

"怎么了？"

"你手下是不是有个叫张苍的？让你给问了死罪了。"

"对啊，今天就该宰了。"

"宰不得啊！这人我看绝不是凡品，你得留着，日后肯定有大用啊。"

"嘻！就因为这个啊。您还亲自跑一趟，我这就放人！"

说完，刘邦马上传令，特赦张苍无罪，回营另有重用。

那位说："这位将官是谁啊？那么大的面子？刘邦还管他叫大哥呢？"

咱们就把张苍放下，先说说这位将官。

想当初，刘邦不得志的时候，在老家沛县当地痞流氓。你别看他游手好闲的样子，交际可是不窄。县里的几位高干，什么萧何、曹参、夏侯婴，都是他的好朋友。此外，刘邦还认识很多民间的豪强。其中有一位名叫王陵，特别受刘邦的尊重，从俩人认识那天开始，刘邦就管王陵叫大哥。

王陵这么受人尊敬，有什么过人之处呢？

史书记载，这人身上有三个特点：第一，没文化；第二，性子直；第三，总是意气用事。

有这仨特点，就不难理解刘邦为什么跟他走得近了。但凡这种脾气的人，都特别招流氓待见，古往今来皆是如此。

秦二世元年（前 209 年）的秋天，刘邦在沛县起兵造反。萧何、曹参就成了刘邦的手下。那王陵呢？王陵没跟着一块儿掺和掺和？是他怕事儿吗？

怎么可能呢！人家自己手里面有队伍。不用在你那儿入股，人家可以独立开个公司。

这里面咱介绍一下。刘邦起兵的时候，他官方的身份还是一个在逃犯。正式造反以后，沛县当地人才管他叫"沛公"。

这个"沛公"啊，说的不是"公、侯、伯、子、男"里的那个公，也不是沛县县令那种官位。要拿现在的话来翻译，我觉得应该是"沛县群众公推出来的临时领导人"。等于说，刘邦拉起来的这支队伍是一个民间组织，还不具备官方性质。

但"名不正，言不顺"，老这么含糊着也不像话。终于，项梁、项羽叔侄二人扶保楚国王室的后裔为新任楚王，号召楚国的旧部跟天下的豪杰。刘邦、王陵这才算找到组织，投靠过去，俩人从这儿起才转了正，从武装分子变成公务员了。

刘邦攻下南阳之后，一路就打到了咸阳，大秦帝国就此覆灭。刘邦觉得自己能往上再走走，谋取天下，便正式邀请王陵加入自己的战队。

王陵没答应。

俩人关系这么好，为什么不答应啊？是看不上刘邦吗？

怎么说呢，多少有点儿这个意思吧。刚才咱说了，刘邦一直拿王陵当大哥，可没说王陵从心缝里面就认同刘邦将来能当皇上。相反，他对刘邦这种出身于底层的人物，多少还是有点儿不认可。我可不是瞎猜啊，我有根据。

刘邦有一个仇人，名叫雍齿。早年刘邦起事的时候，雍齿也跟着。同是出身于豪强的人，雍齿内心对刘邦是一百个看不上眼。造反不久，他就背叛了刘邦，还抢占了人家一个县的地盘。

当时刘邦手里就俩县，还让他给弄走一个。

为什么说这个呢？因为雍齿跟王陵也是好朋友。您明白了吧？王陵对刘邦缺乏阶级上的认同，打从心眼里觉得，自己跟那些家大业大的朋友才是一路的。所以他拒绝了刘邦。

据说这人挺有意思的，他虽然瞧不起草根逆袭的刘邦，但又改不了自己行侠仗义的脾气。虽然他拒绝了刘邦，可当刘邦有求于他的时候，他绝对会帮忙。刘邦横扫关中，东出秦关，这都是很关键的战役，王陵都赶去给刘邦帮忙了。

帮完之后，转身就走，还回自己的地盘守着。还传说有几次，刘邦的家里人从老家出来，投奔刘邦，也都是王陵帮着护送和解救的。总之，若论"情义"二字，放眼整个秦汉之交大乱世，王陵得推首位。

他是什么时候正式加入刘邦阵营的呢？这里就得提另外一个人了——项羽。

刘、项两家撕破脸之后，项羽为了把王陵拉过来，就派人抓来了王陵的老母亲，以此威胁王陵投降。

王陵是个大孝子，这一下就麻爪了，赶紧派使者去项羽那里谈条件。使者提出来要见见老太太，项羽脑子也是慢，愣没拦着，就让他们见了。

要说这王家老太太，那真是一个狠人。她知道项羽那儿不是个省柴火的灶，自己儿子要是跟了他，早晚都得倒霉。可自己眼睁睁地当了儿子的累赘。怎么办呢？一听说儿子派的使者来了，老太太有主意了。

见着使者，老太太劈头就说了："您受累，回去给我儿子带句话：千万别跟项羽混，就冲他派人绑架我这事儿，这人就要不得！以后死心塌地跟着刘邦混，我看那孩子还比项羽仁义点儿。得了，你们别管我了。"

听完这话，使者还想安慰老太太几句。没想到老太太真绝，一把把使者身上的佩剑给抽出来了，二话没说，当场自刎。

　　使者含着泪，跑回去报了信。要不怎么说，项羽不得哥们呢？一听说老太太死了，当时就火冒三丈。这口气说什么都撒不出去！

　　怎么办呢？要说项羽这人的人品确实次，他愣是让人把老太太的尸身给煮了！

　　王陵听说之后，咬碎了钢牙！当时下定决心：归顺汉营。

　　有书则长，无书则短。一转眼，项羽兵败垓下，自刎乌江，刘邦得了天下之后，照例得论功行赏。第一批刘邦封了十八个侯。王陵在刘邦这儿立下过不少战功，而且俩人关系又挺近，按理说得往前面排。可惜，虽然这俩一早就认识，但王陵投靠过来的时间相对比较晚，所以大家伙儿一排座次，王陵的位置并不算靠前。

　　像排座次这种事儿，其实都是做给别人看的，座次并不代表领导人内心的想法。拿《水浒传》来说，卢俊义排第二，李逵排第二十二，您说宋江更喜欢谁？

　　说到这儿，您又该问了："宋江喜欢李逵，我们能看出来。那我们怎么能看出来刘邦喜欢不喜欢王陵呢？"

　　这就得说刘邦临死的时候了。刘邦比王陵小，可他死在王陵前面了。说到刘邦这人，我看中他哪一点呢？就是他临死前的那种冷静。刘邦预感到自己活不长了，就主动提出来：自己不见大夫了，直接安排后事。

　　皇帝安排后事，全国上下都得关心，最关心的还得是吕后。这老太太您都知道，比项羽还不省柴火呢。她一看自己这爷们要死了，赶紧过来就问："陛下，跟您商量个事儿。萧相国最近，身体也是一天不如一天了。您万岁之后，他估计也就快了。他要是没了，谁接替他当宰相啊？"

　　我估计啊，刘邦当时也是让病拿的，说话也都没精神，所以回答得很干脆，说："曹参，行。"

　　吕后接着问："那曹参要是没了呢？"

　　刘邦马上回答："让王陵来吧。"

随后他又补了一句："王陵那脾气太直了，给他配个副手，让陈平帮他。"

"那他们俩以后呢？"

刘邦答得更干脆了，"他们俩之后，你还管得着吗？"

一句话，把吕后噎回去了。

刘邦这话没错，你想顾虑明天的事儿，前提是你得活到明天。你想替这俩安排后面的事儿，你就得熬死这俩人再说。事实也确实跟刘邦判断的一样：王陵是让吕后熬死了，可陈平又把她给熬死了。熬死她之后，陈平马上就把吕后的娘家人都给铲平了。

吕后没死的时候，陈平干什么了？

仨字，装孙子。

汉惠帝七年（前188年），惠帝驾崩，吕后就想大封她吕氏一族。但是当朝太后总不能觍着脸直接就下命令："给我娘家人都封了王！"怎么着也得假模假式地跟大臣们商量商量。

有一天上朝，吕后就问文武百官："各位爱卿，吕氏一门为国尽忠，颇有功劳，能不能封王啊？"

她刚问出来，王陵第一个就跳出来了。

当时，萧何、曹参都已经死了。按刘邦死前的安排，王陵现在是右宰相，陈平是左宰相。汉朝是以右为尊，所以王陵的官要大一点儿。按道理，他得第一个说话。其实，就算他不是右宰相，但凭他这脾气，也得第一个说话。

一张嘴，王陵倍儿干脆："不行！"

理由也简单，高祖活着的时候说了："异姓不得封王。"

不姓刘，不能当王爷！

一句话差点儿没把吕后给撅死。吕后一翻眼皮，问下一个。下一个就是陈平。陈平老奸巨猾，就说了："高祖在位，封刘姓为王。现在是太后您管事儿，封姓吕的，也没什么不可以。"

您说这叫什么理由？谁腿粗抱谁的呗，强盗逻辑。

可吕后听了，心里立马就乐开花了。她乐了，王陵不干了，下朝之后拦着陈平不让走，指着陈平鼻子问："你那嘴还是嘴吗？高祖皇帝说这话的时候你没在旁边？吐出来的枣核还带往回咽的？"

陈平不跟他着急，只说了一句："老兄，要说比谁是条汉子，你一个顶我一百个。要说谁能保住刘家的血脉，您还差点儿意思。"

这回王陵没词了。他并不是不明白这里面的道理，活那么大岁数，他看不懂这点儿事儿吗？死在吕后手里的刘姓皇族，那可以说是不胜枚举，就凭他这半拉宰相，怎么跟人家讲道理啊？明知道现实就是这么回事儿，可他这脾气，硬是忍不了！

惠帝死后，吕后称制，正式成为国家的一把手。接着又下旨，调王陵充任太傅，就是给皇子当老师。这里面既有拉近关系的意思，也有让王陵养老的意思——实际上就是把他的权力都给卸了。

王陵一怒之下，装病，不上班了！

七年之后，王陵病死在家中。一代名臣，直肠汉子，就这么随历史的烟尘而去了。要说他这辈子，那是既对得起世人，也对得起自己。不管什么时候，都随心而动，率性而为。而且王陵此人义气深重，对兄弟肝胆相照。乱世，这种人不吃香。到了太平盛世，这样的人，就得让他们有所归属。

10

谥号：老百姓给众筹的谥号，那可比哪个皇帝赐的都要强！

忠义千秋

老有朋友问我，说古时候那些帝王啊，大臣啊，死后往往都有个"谥号"，这个谥号都是怎么来的？都代表什么意思呢？

哎，这个问题挺有意思，今儿咱们就来论一论古人的谥号。

什么叫谥号呢？说白了，就是用一两个字，对一个人的一生，做一个概括总结。您一看这个人的谥号，大概就知道他活着的时候是个什么样的人。

不过呢，咱先得明确一个概念：谥号这事儿只跟上流社会有关系。什么皇帝啊，皇后啊，诸侯啊，大臣啊……这样的人才有谥号，老百姓没有。

那位问了，为啥老百姓没有啊？

嗐，您看"谥号"的"谥"字，左边一个言字旁，右边一个"益处"的"益"，顾名思义，这东西就是评说一个人生前有什么好处，这就叫"谥"。古代社会的主流思想其实是歧视劳动人民的，在上流社会的帝王将相们看来，普通老百姓能对社会有什么贡献？您要知道，在等级森严的古代社会，老百姓经常连个正经名字都没有，还能有人给您起个谥号吗？

那谥号这东西到底是从什么时候开始有的呢？周朝。

过去一说"谥号"的起源，老先生们都说，《逸周书》里有篇《谥法解》，是打从这儿开始有的。

不过，虽然这本书的书名叫《逸周书》，但据说它其实被汉朝人改编过。要真是这样的话，您想啊，汉朝跟周朝中间隔着那么多年，"谥号"这东西具体是什么时候有的，估计汉朝人也不是很清楚。《谥法解》只能这么说："周公旦、太公望……乃制谥。"什么意思呢？就是汉朝人认为，制定谥法这事儿，是从周公、姜太公那会儿，也就是从周朝早期就有了。但是，国学大师王国维先生专门研究过这个事儿，王国维猜测谥号的出现没有那么早，得大概到了周共王执政的时候，才正式形成。

周朝人为什么要发明谥号这么个玩意儿呢？我猜主要是为了跟商朝划清界限。

您要是稍微了解点儿历史，就会知道，甲骨文出现于商朝。要是以词汇量而论，甲骨文肯定不能跟现代汉语同日而语，所以商朝的那些大王也不可能拥有特别复杂的谥号。商王的王号，都是用"天干"来命名的。也就是把"甲乙丙丁戊己庚辛壬癸"这些字眼简单地修饰一下就成了，比如说"太丁""太甲""盘庚"……

后来文字发展得越来越成熟，再看这些称呼，就显得闹得慌了。什么甲乙丙丁，听着就乱，而且也不好听啊。您比如"小辛"这个名字，这是什么破名啊？就差前面加上"蜡笔"俩字了。

更重要的是，咱这人类社会，不是说到商朝就结束了啊，后面还有千秋万世呢！称王的人多了去了。要都按照商朝这一套，老在天干这十个字里来回折腾，就容易重复，而且难免产生歧义。您比如说，"丁"是天干吧？前边配个"武"啊，"康"啊，造出来"武丁""康丁"这样的名字，都还好说。可万一哪天来一皇帝，前边配个"鸡"字，叫"鸡丁"，您说这事儿尴尬不尴尬？

有人说了，郭大爷您这个也不全对，商朝怎么就没谥号了？纣王啊，"纣"那不就是谥号吗？

这我得说一句，"纣"还真不是他的谥号。纣王的王号叫"帝辛"，这个"纣"字，那是后来的人给他加上的，而且也不是什么谥号，只能说是名号，或者干脆说直接点儿，就是个外号而已。

前边咱们说了，真正的谥号，还是从周朝开始有的。而且根据《谥法解》中的内容可以看出，谥号这事儿，另有一套讲究和说辞。

说起来，评价一个人哪儿有那么容易。人上一百，形形色色，什么人都有。要是每个人都占一个字，那好字眼也不够用啊，所以谥号得按类分。

您比如说，一个"文"字，就有好多种解释。"经天纬地"，叫文；"道德博闻"，也叫文；"慈惠爱民"，还叫文。

以此类推，表示褒奖的好字眼还有很多。比如"武""恭""德""昭"，各有各的含义。

但是呢，谥号里的这些字眼，也不全是好的。最开始，谥号都是对一个人的美称，叫"美谥"。就算一个人平庸得很，没什么可说的，至少也落一个"平谥"。但后来周朝出了个不怎么样的王——周厉王。

您听听，"厉"王嘛，听着就不是什么好话。关于这位，最著名的事迹就是"防民之口，甚于防川"，意思是谁也不许说我不好，说我不好，我就弄你！

从他这个"厉"字开始，就开始有了"恶谥"。

"恶谥"嘛，都是些不好的字眼。比如说"幽"这个字，就不是什么好字眼。"动祭乱常"，就叫幽。比如周幽王，这个大伙儿都太熟了。他宠爱褒姒，烽火戏诸侯，这就是"动祭乱常"！烽火，那本来用来传递紧急军情的工具，轻易不能瞎动吧？可是人家就不！偏要拿这个当玩具。"我的美人褒姒不爱笑，怎么能让她开心呢？得嘞，咱们点烽火玩儿吧！"

拿人家各个诸侯国的国君开涮，哄得人家带领人马赶来救驾，褒姒是被逗笑了，可周幽王落了个什么下场？身死国灭！

不过呢，谥号这东西，刚撑到秦朝就差点儿夭折。

怎么回事儿呢？秦始皇登基啦！

秦始皇这家伙，总觉得自己功高盖世，三皇五帝都不能跟我老人家比，我比他们都厉害！所以从"三皇"里面抽了一个字，又从"五帝"里面抽了一个字，从此我就不叫什么什么"王"了，我就叫"皇帝"了！

而且朕这大秦难道还能改朝换代吗？从此以后，我大秦注定就千秋万世啦！还要谥号干什么啊？！所以秦始皇下了这么一条规定："我叫'始皇帝'，我后面就叫二世、三世……后世子民提起皇帝来，就报数字，说多少世就完了。"

谁也没想到，秦始皇一死，大秦朝没禁住他儿子的折腾，到了二世手上就灭亡了！

到了汉朝，谥号才重新投入使用。而且汉朝的谥号还有点儿不一样，不是一个字了，它是两个字。在正经的谥号前面，还都要加个"孝"字——汉朝以孝治天下嘛。您比如说汉武帝，连庙号带谥号，正经的全称其实是"世宗孝武皇帝"。

而且，打周朝末期开始，不光皇帝有谥号了，诸侯、大臣、妃子也都可以有谥号了。您比如说齐桓公，他这个"桓"字就是谥号。什么叫"桓"？辟土服远曰桓。齐桓公这一辈子，从头到尾都打着"尊王攘夷"的旗号去跟游牧民族打仗，同时对周朝王室尊崇有加，最后当上了"春秋五霸"的扛把子，"辟土服远"四个字，还是当之无愧的。

不过呢，谥号发展到后来，就有点儿泛滥了。其实当初最开始推出谥号，就是个荣誉勋章的意思，那必须得有天大的功劳，或者身份特别特别尊贵，才能混上一个。可是人都有虚荣心，你的谥号俩字，我的谥号就得四个字，字越来越多，荣誉也越来越不值钱。等到了明清时期，光看皇帝的谥号，就能把您给看晕了。什么"圣德神功"，什么"敬天昌运"，一大堆形容词，一口气您都念不下来。

是谁开的这个头，把谥号搞得这么乱呢？

说起这事儿，就不得不提一位有名的皇帝。

谁呢？

武则天。

咱都知道啊，武则天一直憋着要当皇帝嘛，可咱们中国很少出女皇帝。

"怎么才能当皇帝呢？"武则天琢磨来琢磨去，最后想了个招。要说起来，她这脑回路也挺清奇的。"我就把我老公，还有我死去的公公等人，都抬举成神仙，把他们神化，从此这几位都不算凡人了，都是天上的神仙下凡来当公务员！"

这样做有什么好处呢？当然有啦。您想，他们几位都是神了，那武则天自己还能是凡人吗？那肯定也是神了！等哪天她老公李治一死，那不就剩下她一个神了？这皇帝她不当，还能让谁当啊？

所以武则天就天天撺掇李治给死去的李渊上封号："咱这位高祖，文治武功那么厉害，叫个'高祖太武皇帝'就算完啦？"

李治说："那你还想怎么样？"

武则天说："这谥号太简单了，怎么能显出他老人家的能耐啊？我觉得不行，得改！"

李治这人，也不知道是真没主意还是假没主意，反正老婆说怎么弄，他就怎么随着，你想改咱就改吧。两口子查了一礼拜字典，终于定下了一个特别牛的谥号——"高祖神尧皇帝"。

尧，就是尧舜的尧。

礼部和太常寺的官员一看都犯了愁了，这俩部门是专门负责这方面事务的啊，礼部的官员就去找皇帝了："这恐怕不太合适吧？"

武则天一瞪眼："怎么不合适了？我说挺合适！不但合适，还得办个大典，昭告天下呢！"

武则天开了这么个头，您想啊，这唐朝后面的历代皇帝还能落后吗？不弄个前无古人后无来者的谥号，显得自己多不孝顺啊？多没品位啊？

于是，等江山传到唐玄宗手里，老祖宗李渊的谥号又改了，而且加的这俩字挺逗，叫"大圣"，他倒没给叫"八戒"。所以李渊的谥号最终变成了"高祖神尧大圣大光孝皇帝"。

到了宋朝，皇帝的谥号已经长得跟贯口似的了，不是说相声的您都念不下来！您比方说宋太祖赵匡胤的谥号，叫"太祖启运立极英武睿文神德圣功至明大孝皇帝"。到了明清，大伙儿拟起谥号来就更夸张了。努尔哈赤的谥号足足有二十五个字！老郭就不写在这里了，全写完了，印书的纸都没有了。

皇帝的谥号是这样，那大臣呢？

大臣可不兴随便起谥号，不能自己定。您今儿来了兴致了，说我给我自己家的先人定个谥号，想起什么起什么。那哪儿成啊？你起个"太上老君"，皇帝能答应吗？其他同事愿意吗？大臣的谥号，还得看皇帝赐什么字。

一般来说，中国古代官僚的谥号分成两派，文官和武将不一样。没有什么特殊情况的话，文官最高级别的谥号，是"文正"。有的朝代，会把"文正"给写成"文贞"。武将呢？最高级别的谥号叫"武忠"。

这最高级别的谥号，可不是轻易就能给的。就拿文官来说，整个中国历史上，统共没多少位得了"文正"的谥号。比如说魏徵，那么大名气，他的谥号就是"文贞"。再比如说范仲淹、司马光，您想想这都是什么级别的人物？说出名字来那是地动山摇啊！这样的人，死后才能得个"文正"的谥号。

起初呢，大臣得什么谥号，朝臣是有资格"议谥"的。就是某某死了，大家凑一块儿商量商量，给某某起个什么谥号合适啊？大臣们共同合计合计，某某大臣一辈子清正廉明，德智体美劳全面发展，可以定个"文正"。那咱们给皇帝报上去，看人家批不批吧？

皇帝一看奏折："行！这个大臣确实相当不错，可以批准！"

这位的谥号就是"文正"了。

到了清朝，这一套可行不通了。别的谥号，朝臣可以议，但"文正"？你没有资格议！必须皇帝下特旨，我说谁文正，谁才文正！

清朝的"文正"，总共只有八个，这里面最著名的是曾国藩，湘军的大佬，他的谥号是"文正"。再比如刘墉他爸爸刘统勋，谥号也是"文正"。可不是谁都有资格被谥为"文正"的。您比如说林则徐，够厉害了吧？一辈子净当总督了，又有虎门销烟的功劳。可是林则徐的谥号也不过是个"文忠"，跟"文正"还差一点儿。

在文臣武将的谥号中，有一种更牛的，叫通谥，其中"忠武"俩字最厉害。中国历史上获得"忠武"谥号的大臣中知名度最高的那位，那是当之无愧！

那位问了，谁呀？

诸葛亮。

他干过不少文臣的工作，到了晚年一直在带兵打仗。那可是全国军政一把抓的权臣！所以诸葛亮称得上"忠武"。

还有谁的谥号是"忠武"呢？您比如说，尉迟恭，也是"忠武"，不但是"忠武"，最后还陪葬昭陵，荣耀极高！

秦琼，按说名气跟尉迟恭差不多吧？可从谥号上看，秦琼可比不了尉迟恭，秦琼的谥号就一个字——"壮"，就没了！

剩下历朝历代的大臣们，得了"忠武"谥号的，还有郭子仪。郭子仪是平定安史之乱的大将，这个不用说了，拯救了整个大唐的男人；还有大将韩世忠，也是"忠武"；明朝的开国大将常遇春，也是"忠武"。

就有人要问了，那岳飞呢？

韩世忠都是"忠武"了，岳飞愣不是"忠武"？

岳飞这个吧，有点儿复杂。岳飞后来也得了个"忠武"。不过他这个"忠武"是后世南宋的宋理宗给他加的。世人最熟悉的岳飞谥号还是"武穆"，岳武穆。但就连"武穆"俩字，也不是岳飞死的时候赐的。

　　咱都知道，一代名将岳飞，最终含冤受屈，惨死在风波亭。当时那种情况，岳飞还想要谥号？简直是痴心妄想！

　　直到宋高宗退位，宋孝宗登基，岳飞家里人还在坚持给孝宗上书："不行！您得给我们老岳家平反！"

　　孝宗这才追赐了岳飞"武穆"这么一个谥号。

　　这俩字怎么讲呢？"折冲御侮曰武，布德执义曰穆。"您想，岳飞这一辈子，虽然说脾气不太好，但是舍生忘死，带领岳家军抵御外侮，收拾河山，而且"冻死不拆屋，饿死不掳掠"，那真是名副其实的"武穆"。用这俩字形容岳飞，还是非常贴切的。所以"武穆"后来就成了一个超级谥号，比岳飞的其他称号都更知名。

　　最后，咱们再来解释一个事儿。

　　谥号，其实只不过是古人很多个称号之一。尤其是皇帝，这方面就太乱了。一般来说，皇帝有三个"号"最为重要。

　　一个是谥号，这个咱说了；还有两个，一个是年号，一个是庙号。

　　年号是什么意思呢？很好理解，就是纪年用的一种称号。过去有个相声叫《讲帝号》，里面歪批清朝这些皇帝的帝号，什么乾隆就是有钱的聋子，咸丰就是闲得抽风。当然这都是笑话，不是正儿八经的解释。这里面说的"帝号"，其实就是年号。

　　年号是纪年用的嘛，过去不说公元多少年，说乾隆多少年，雍正多少年。时间一长，这个年号也就等同于皇帝了。明清的皇帝年号少，一般一个皇帝就一个。以前可不行，像三国时的那几个皇帝，动不动就改年号，弄得您看历史书都看得眼晕，特别乱。

　　再就是庙号。死去的皇帝，他的灵位得送进祖宗庙堂啊！庙堂里用的号，就是庙号。简单地说呢，就是咱们平时看历史书上说的什么祖，什么宗。比如明太祖朱元璋、清太祖努尔哈赤，这个"太祖"就是庙号。

所以说，谥号、年号、庙号，各位还得弄清楚了。

当然了，咱们国家还有一种谥号，比较特殊，就是给大圣人的"追谥"。有俩例子最典型。一个是孔子，历朝历代都追加各种谥号，也是越加越长。比如清朝的时候，顺治皇帝追谥孔子是"大成至圣文宣先师"，您瞅瞅，多长。

还有一位也经常被历朝历代的皇帝追加谥号，他就是关公。武圣人啊！好家伙，关公身上的谥号就更多了。历朝历代的皇帝，有赐"忠义"的，有赐"神武"的，有赐"仁勇"的，乱七八糟，但最后哪个也没传开。到头来还是老百姓给关老爷起了个民间版的谥号叫"忠义千秋"。

老百姓给众筹的谥号，那可比哪个皇帝赐的都要强！

11

忠贞：中国唯一女侯爷，
山地特种兵女司令

何必将军是丈夫

话说大明天启二年（1622年），某一天，在通向四川新都的古道上，一支部队正疾驰而过。这支队伍的服饰带有鲜明的少数民族风格，与明朝官兵的制服大不相同，可他们打的旗号，却跟大明官兵一模一样。最引人注目的是他们手中的兵器，每个人手里都握着一根白蜡杆，杆子的一头是开了刃的钩子，另一头是铁做的环子。您别小看这根杆子，打仗的时候，它用处可大了！钩子那边可以用来砍、钩，环子这边可以用来砸。此外，这杆子还有一个神奇的用途。您各位都知道，四川、重庆多崇山峻岭，爬山的时候，把这些杆子一环套一环地穿起来，它就变成了爬山用的绳索。

离大道不远的一块巨石上，站着一男一女。二人目不转睛地看着部队行军。不一会儿，就听那男的说话了："姐姐，附近的土司、酋长都没赶来支援。新都的敌人虽然不多，可我们也只有两千人。孤军深入，恐怕胜负难料啊！"

被叫姐姐的这位女子，回头就瞪了自己弟弟一眼："胡说八道什么！朱大人现在已经把叛军主力全困在成都了，新都守备空虚，只要攻占新都，咱们就能长驱直入，跟朱大人里应外合，解了成都之围！枉你身负皇恩，却如此瞻前顾后，还不给我下去！"

当弟弟的被姐姐训斥了两句，不敢再说话了，灰溜溜地退下，去督导部队前行。

那位说："这姐弟二人是谁啊？"

这个先不忙告诉您，您先猜猜这姐弟俩说的那个朱大人是谁？

肯定有猜出来的，这个人咱们后面还会提到，他就是时任四川巡抚的朱燮元。

朱燮元指挥成都保卫战的时候，曾经征调过四川周边各地的军队前来支援。驻守在地方上的官军只少不多，来了几拨儿。但那些割据一方的土司、酋长几乎都没动弹，也不能说全没来，就来了一家，就是刚才石头上站着说话的姐弟俩。

这姐弟俩是谁呢？为什么大家都不来，就他俩肯带人来支援朱燮元呢？别着急，您容我慢慢地说。

其实，在文章开头，我介绍白蜡杆子的时候，应该就有读者朋友猜出来了，这位大姐不是旁人，正是载誉千古的女英雄秦良玉。

她带的那支部队，就是赫赫有名的"白杆军"。这支部队得名于他们使用的兵器，是一支擅长山地作战的特种部队。所以秦良玉也被我称为"大明山地特种兵女司令"。

另外，据说她还有一个响当当的称号——"中国唯一女侯爷"。

这个称号怎么来的呢？来自她的爵位。秦良玉去世后，被大明的流亡政权追封为"忠贞侯"！

您别看这称号响，其实不是特别准确。被封侯的中国古代女性确实少之又少，但绝不是只有秦良玉一个人。您翻历史书去，起码能找到三个！忽略争议的话，至少有六个！

都有谁呢？秦良玉就不说了。那姐儿几个，咱简单介绍一下。

先说没有争议的两位。

第一位，"临光侯"吕媭。吕媭是西汉高皇后吕雉的妹妹，大将樊哙的夫人。这个爵位来得没什么争议，这属于会投胎的。

还有一位女侯爵，也是西汉的。

汉高祖刘邦曾给帮自己打天下的手下排过座次，其中有十八位开国元勋，战功卓著，统统被汉高祖封了侯爷，史称"十八侯"。其中有一位"鲁侯"奚涓，这个人大伙儿可能不太了解，但他的功劳很大，可以与樊哙平起平坐。奚涓没儿子，他去世以后，皇上就把奚涓的爵位转封给他还在世的老母亲了。

再说有争议的那仨。

西汉有个特别有名的女相师，专门给人算卦，而且算得特别灵。汉高祖特封她为"鸣雌亭侯"。关于这位女侯爷，《史记》《汉书》上都没有记载。《楚汉春秋》倒是写了她封侯的事情，但是没说她是女的。据说到了唐朝，才有人提出鸣雌亭侯是女的，由于年代久远，无从考证，自然就有许多争议。

剩下那两位女侯爷，分别是刘邦的嫂子跟萧何的媳妇。

刘邦的嫂子叫什么？史书上没提，据说她被封为"阴安侯"，但《史记》《汉书》上也都没写。关于阴安侯的记载，最早出现在南北朝的《史记集解》中。年代久远，真假难辨，因此也有许多争议。

至于萧何的媳妇是否被封侯，情况最复杂，争议也最大。《汉书》里说，萧何被封为"酂侯"。萧何死后，爵位就传给了儿子萧禄。萧禄也没儿子，死后爵位也给了他的老母亲。同时，萧禄的弟弟萧延也被封为"筑阳侯"。

总而言之，秦良玉肯定不是唯一的女侯爷。但很多人坚持说她才是真正的侯爷！这么说也有道理，为什么呢？毕竟爵位来得不容易，那老姐儿几个的爵位，都属于刘邦他们家"开业大酬宾"送的，只有人家秦良玉的爵位是真刀真枪打出来的！

不过，秦良玉跟那老姐儿几个，也还是有共同点的，她的原始资本也是来自丈夫。秦良玉的丈夫叫马千乘，是东汉伏波将军马援的后代。马超、马岱跟马援都是一家子，都姓马嘛！天下姓马的都是一家子！您要看过马三立老祖的相声，准知道这个道理！

咱们知道，明朝西南一带有很多少数民族的土司、酋长。马千乘虽是汉人，可也是土司。因为祖上有军功，老马家的祖上被封为"石砫宣抚使"，世袭罔替！石砫就是今天重庆市的石柱土家族自治县。万历年间，播州杨应龙叛乱，马千乘平叛有功，"白杆军"一下子声名鹊起。后来朝廷派来一个太监，视察石砫地区的工作。马千乘刚好得了一场重病，没能亲自接待。那太监就没事儿找事儿，诬告马千乘要谋反，把他给抓起来了。

您想啊，人本来就有病，受冤枉了再生点儿气，监狱那个地方也没办法治，最后老马就冤死在大狱里面了。

朝廷查来查去，也没找到人家造反的证据，没法给人家定罪，所以土司这个位子还得给老马家的人留着。可是老马死的时候岁数也不大，独生子马祥麟还未成年，所以石砫宣抚使的职位就由秦良玉暂时代理了。虽说后来马祥麟还是继承了父亲的职务，但石砫一带的大权依然在秦良玉的手里。

有一点咱们得说明白了，老马家一家老小都是英雄好汉，忠孝之辈。马祥麟长大后也是一员勇将，骑白马使银枪，颇有赵云当年的风范。论能力，不次于他的前辈。但是人老马家可是母慈子孝，不像咱们现在宫斗戏里演的似的，"太子长大了要跟母后争权"。人家马祥麟甭管大事儿小事儿，都听母亲主持，从来不干让母亲寒心的事儿！别看马千乘是被冤死的，人家娘俩对国家没有怨言！国家有事儿了，马家人还是第一个往前冲！

天启元年（1621年），也就是咱说的这个故事的前一年，辽东打起来了。这个咱们写成都保卫战的时候会详细介绍。要没这茬儿，西南那儿也打不起来。

朝廷征调西南兵马的时候，老马家跟老秦家最早站出来响应。秦良玉带着自己的两个兄弟，一个叫秦邦屏，一个叫秦民屏，三人亲赴辽东战场。秦邦屏战死沙场，秦民屏突围成功。天启皇帝下诏奖励，一家三口，甭管是死是活，都受了皇上的封赏，朝廷还赏赐了三品官员的服饰给秦良玉。

天启元年九月，朝廷让秦氏姐弟回老家继续招兵买马，还给了两千人的定额，意思是让他们在辽东前线常驻下来了。没想到姐俩刚一回家，就有人找上门了。谁呢？就是造反的那个奢崇明。他派出使者，约请马、秦两家跟他一起造反。

使者上门的时候，底气很足。为什么呢？都知道马千乘是死在朝廷奸党之手啊！只要我顺着这条道，煽阴风点鬼火，她秦良玉准得听我的！

为了说服秦良玉，使者随身还带了重礼，什么珍珠、玛瑙、翡翠、碧玺，杭州的丝绸、四川的蜀锦、云南的扎染、印度的纱裙，藏红花、犀牛角、冬虫夏草、《大富翁》。要问怎么还有《大富翁》啊？那是因为吃的玩儿的都得带全了。当然，具体送了什么史书上没有详细记载，我就随口一说，您就当听一乐。

使者满心以为，这回约请秦良玉造反，那是手拿把攥了。没想到刚见着秦良玉，话还没说呢，秦良玉就来了一句："来人哪！把这个逆臣贼子给我绑了！"

使者一看："哎，这不对啊！你不讲武德啊！我话还没说呢！"

只见秦良玉柳眉倒竖，杏眼圆睁，跟山里刚下来的母老虎一样，就训上他了："小贼！我让你死也死个明白！我夫身遭冤陷，病死狱中，那是奸人所害，与朝廷无干！事后朝廷为我母子平反昭雪，告慰了我夫君在天之灵！另外，我胞兄秦邦屏为国捐躯，战死沙场！我做妹妹的难道会背主做贼吗？！死了以后我怎么有脸去见我兄弟？！"

秦良玉说这话的时候，强睁着眼睛，为的是不让眼泪流下来。两旁的将校兵丁无不动容，咬牙切齿，对秦良玉充满了同情。使者听了这些话，还是贼心不死，想要垂死挣扎一番，大声喊道："成都眼看就要破了！到那时，我们奢大王掉头就回来对付你们！让你们老马家、老秦家全都断子绝孙！"

他一说完，秦良玉反倒乐了："好啊！就怕他不来啊！我还告诉你，我秦良玉给他们老马家生了儿子，又养这么大，对得住他们姓马的了！他马千乘人到中年就撒下我，是他对不起我！不是我对不起他！真要说因为我平贼灭寇让他老马家绝后了，那是他们家的德行！死了到阴间，他都得谢谢我！"

使者一听，好家伙！马千乘这是哪儿找来的媳妇？这是一个母老虎啊！

他还想争辩，秦良玉发话了："你甭说了，闭眼上路吧！"

说完，招呼手底下人上前，当即将这使者乱刀分尸，扔在了荒郊野外。然后，秦良玉点齐人马，前去支援成都。

细心的读者朋友该问了："你这时间叙述上是不是有问题啊？奢崇明派使者劝降秦良玉是天启元年九月的事儿。可故事刚开头的时候，你说是天启二年。既然秦良玉当时就杀了使者，去支援成都，怎么前后出现了大半年的时间差啊？"

您别急，这个很好解释。史书记载，就在这大半年里，秦良玉至少出兵两回。天启元年九月份是她第一次出兵。

从石砫奔成都，最少有两条路可以走：一个是经重庆，溯江而上，走水路。您各位都知道《三国演义》，据说诸葛亮入川，就是跟赵云走的这趟线。

还有一条路：经新都走陆路，直扑成都。咱们文章开头写的是她第二次出兵，走的是第二条路线。

天启元年那回出兵，秦良玉走的是第一条道。咱说了，她手里的"白杆军"是她丈夫马千乘所创，擅长山地特种作战，不太适合攻城略地。而且，当时重庆是奢崇明的战略大本营，里面有重兵把守。所以秦良玉第一次选择走水路，绕过了重庆，然后设埋伏吸引了敌军进入包围圈，再将包围圈里面的敌人一举消灭，断了奢崇明的退路。

然后，她将一支人马驻扎在她的娘家忠县，把成都和重庆彻底隔开，自己带着主力又退回了石砫。等到朱燮元把奢崇明耗得差不多了，再次征调秦良玉的人马来成都，希望她跟自己里应外合，一举歼灭奢崇明的大军。秦良玉这才去攻打新都。要说这白杆军的战斗力还真是没说的，没费多大劲儿就拿下了新都。她弃城不守，发兵成都，跟朱燮元一起击溃了奢崇明的主力军。完事儿后，她又掉头回重庆，将重庆一举收复！这还不过瘾，她又充分发挥"痛打落水狗"的精神，一路撵着叛军主力打，直到将贼首奢崇明斩杀。

从这一系列举动上看，秦良玉的性格太适合做统帅了！是非分明，英勇果敢，做事儿决绝。她这一辈子，就一个信念：为国为家。你敢造反，我就弄死你！

崇祯三年（1630年），皇太极打进山海关了。朝廷再次下令各地军队进京勤王。秦良玉依然积极响应，带着白杆军又出发了。其实说良心话，大明朝这时候气数已尽了。从石砫到北京，现在坐高铁还得十多个钟头呢。秦良玉的队伍是山地作战特种部队，连马都没多少，就算能到北京，也来不及救下崇祯皇帝了。

那崇祯为什么不在北京周边调兵呢？他可得有啊！但凡河北、京、津一带还有兵，满人也打不进紫禁城！哪怕山东有兵呢！

可崇祯就是调不出部队来，最后还得大老远地从重庆调秦良玉的部队。

要说秦良玉对大明王朝，那真是赤胆忠心！国家再不行，那是我的国家，不许你外边的人随便进来横行霸道！接到兵部大令之后，秦良玉马不停蹄，带着手下直奔京城。可咱不是说了吗？路远啊。等她到了北京了，人家满人都跑了。

别看这样，崇祯皇帝看见她来，还是挺高兴。

当然了，换谁都得高兴。本以为就没人愿意来了，没想到远在西南边境的地方还有一支这样的人马愿意为国尽忠。所以崇祯皇帝下旨，要亲自召见秦良玉。

秦良玉接到谕旨，换上了她的三品官服，入朝面圣。可以说，她一出场就把满朝文武震惊了！晚明朝廷里面，不说都是酒囊饭袋吧，也净是些大尾巴鹰。看来不光是瓦蓝蓝的天上飞"老愣（鹰）"，金銮宝殿上也飞"老愣（鹰）"。

按这些人的想法，秦良玉就是个山野村姑，气质不一定多庸俗呢！没想到人家秦良玉虽是女流，冠带齐整，雍容华贵，风雅俊秀，巾帼不让须眉！

崇祯皇帝大为震撼，当即为她赋诗四首，以做表彰，秦良玉一时间风头无两！

然而，就是这么刚强的秦良玉，手底下也难免有几个败类。崇祯末年，西北连年大旱，老百姓活不下去，都起来造反。起义军转战南北，有几支部队就跟着杀到了西南。没想到秦良玉的娘家人里面出来一位带路的，引着这帮外来的叛军在当地各种为非作歹。后来这人被秦良玉活捉，扭送到了官府。

紧接着，张献忠杀到了重庆、四川一带。张献忠攻下成都后，秦良玉对部下说："我两个兄弟都已经战死沙场，我一个妇人，蒙受大明皇恩二十余年，现如今大明朝陷入危机，我秦良玉和反贼势不两立！"

虽然大明朝已经不复存在，秦良玉依然率领白杆军殊死抵抗张献忠的部队。怎奈寡不敌众，最后她只能固守在石砫，任凭张献忠杀进四川。但张献忠也不敢去招惹秦良玉，跟她打了那么多次，始终是胜少败多，因此张献忠对她十分忌惮。得了四川之后，张献忠四处招降周边的土司、酋长，可就是不敢派人到石砫来。使者们到各地游说的时候，也都躲着石砫走。都听当地人说了，叛军使者到人秦良玉那儿，容易变成饺子馅！

公元 1646 年，那时候已经是大清顺治三年了。南明的隆武皇帝加封秦良玉为"忠贞侯"。也有史书记载，说封的是"忠州侯"。不管什么"侯"吧，反正也没多大意思了。毕竟清军已经入关，天下变了。秦良玉也是年事已高的老太太，有心杀贼，无力回天了。两年后，秦良玉在石砫去世。

中国第一女侯爷，早已经走入历史的尘埃，但是她那种气质，那种品格，以及立下的不朽功勋，应该被咱们永远铭记。在这里，咱们就把崇祯皇帝写给秦良玉的四首诗摘录下来，以纪念这位了不起的女英雄！

赠秦良玉

其一

学就西川八阵图，鸳鸯袖里握兵符。
由来巾帼甘心受，何必将军是丈夫。

其二

蜀锦征袍自剪成，桃花马上请长缨。
世间多少奇男子，谁肯沙场万里行。

其三

露宿风餐誓不辞，饮将鲜血代胭脂。
凯歌马上清平曲，不是昭君出塞时。

其四

凭将箕帚扫虏胡，一派欢声动地呼。
试看他年麟阁上，丹青先画美人图。

12

鸡娃：一畦萝卜一畦菜，
谁家孩子谁不爱？

第一要明理

做个好人

　　这些天啊，我老听身边的人提起一个词，叫"鸡娃"。这词是什么意思呢？人家给我一解释，我才明白，原来所谓"鸡娃"，就是给孩子打鸡血的意思。爹妈给孩子报各式各样的兴趣班，把孩子业余时间安排得满满当当，让孩子连喘口大气的工夫都没有，这就叫"鸡娃"。

　　唉，现在的孩子真是挺可怜的，我们小时候可不这样。可能现在家长都是大学毕业，有文化，都望子成龙、望女成凤，对孩子的要求也高。过去家长有几个管孩子的啊？都是"放养"的，这些孩子长大之后，我觉得也都挺好的。

　　有些人就说了："郭老师，您这话我们不同意，过去社会竞争压力没这么大呀，是不是？现如今社会竞争多激烈呀？好多孩子，刚三四岁，机灵得跟什么似的，好几个国家的话都会说！一畦萝卜一畦菜，谁家孩子谁不爱？我们哪儿能不疼孩子呢？可没办法呀，现在不鸡娃，将来孩子竞争不过别人，那可怎么办？"

　　您这种焦虑，我都理解，但压力再大，咱也得科学鸡娃。硬逼着孩子学习，把孩子的所有时间都占住，到头来，孩子学习成绩没搞上去，反而得了抑郁症，这样的例子也不是没有。

　　话既然赶到这儿了，今儿咱们索性就写写鸡娃这事儿。同样是鸡娃，咱看看古代人是怎么鸡娃的。

　　有一个鸡娃的例子，是中国人基本上都知道的——"孟母三迁"嘛。

咱们都念过《三字经》："昔孟母，择邻处，子不学，断机杼。"这个故事，大家都听得够够的了。为什么孟母要三迁？因为家里有小孩嘛，小孩子都是白纸一张，近朱者赤，近墨者黑。孟母一开始带着孩子在坟地旁边住，坟地嘛，您知道，净是哭坟的，听说现在还有职业哭坟的，当然人家话说得也痛快："人都死了，谁哭还不是一样吗？我哭坟换点儿钱怎么啦？劳动所得！"

扯远了，还说回孟子。孟子家住坟地隔壁的时候，他还是个小豆丁，小孩可不就爱有样学样吗？他看人家哭坟，就过去跟人家站一块儿哭。孟母一看说："这哪儿行啊？赶紧搬家！"

新家搬哪儿啦？搬到了集市附近。集市上有屠户成天杀猪卖肉，孟子就在旁边看着，日子一长，也跟着模仿，把小同学按地上，拿手直比画："杀猪了啊！杀猪了啊！"孟母一看，心想：不行，还得搬家。

最后娘俩搬到了学宫的旁边，这回孟母满意了。学宫嘛，住的都是知识分子，孟子看人家成天读书行礼，也跟着学文化、学礼仪，孟母这才放心住下来，从此也不再搬家了。

我读这个故事的时候，隐约感觉这个故事有点儿歧视劳动人民的意思。杀猪，那也是正当职业，人家凭本事吃饭，碍着你什么啦？不过呢，家长的心，咱们也能体会，爸妈总归是希望孩子从事一份体面的工作。"孟母三迁"这个故事的主旨，还是提醒广大家长，要积极主动地给孩子创造良好的学习环境。环境对孩子的影响是很大的。您像我吧，家里老人过去是干警察的，我从小就看警察抓坏蛋，耳濡目染之下，直到今天，我也不怕那些所谓的流氓！您别瞧那些人在外面人五人六的，一进派出所就得哭！

"择邻而居"这种事儿，历史上还不只在老孟家发生过，唐朝的时候也出过类似的事儿。唐朝有个特别有名的大诗人，名叫王翰，您就算对这个名字印象不深，这首诗您肯定听过：

葡萄美酒夜光杯，欲饮琵琶马上催。

醉卧沙场君莫笑，古来征战几人回。

这首《凉州词》正是出自王翰之手！当时王翰名气很大，很多人都想跟他结交。其中有一个小迷弟（年轻男粉丝）名叫杜华，天天"与之游"，用今天的话说，王翰走到哪儿，杜华就追到哪儿。

有一天，杜华刚回家，他的母亲崔老太太就说："你这两天抓紧收拾收拾，咱们要搬家啦！"

杜华一听就蒙了，心说：好好的，搬什么家啊？

老太太就说了："你跟王翰俩人关系不错。王翰是有名的大才子，咱要是能跟这种人当街坊，对你未来的学习工作，都会大有好处！"

杜华一听："不行不行，王翰他们家住的是富人区。咱家这么穷，他们那儿的房子，咱哪儿买得起啊？"

老太太说："没关系，贵咱也得搬，房子再贵它也有个价，能跟大才子住一块儿当街坊，这是钱的事儿吗？"

依我看，这有点儿像咱们现在的家长给孩子预备学区房。谁不愿意让孩子上个好学校，每天跟好老师、好学生一块儿学习啊？不过呢，咱们今天挑学区房，功利性更强。而古人看重的，不是眼前的蝇头小利，更多是考虑如何帮助孩子建立崇高的志向、培养良好的品行、塑造坚韧的性格，如果单纯把培养孩子看成一种攀比，那就没意思了。

咱再举个例子，说明一下古人对"德"这个事儿的重视。

清朝有一位大文学家郑板桥，这位您肯定也熟，"书画双绝"郑板桥嘛！他尤其擅长画竹子。郑板桥活到五十多了，还没孩子，后来也不知道怎么的，也许是郑板桥听了相声开了窍，去了老娘娘庙里拴了娃娃，总之，五十二岁这一年，郑板桥竟然得了一个儿子！

老来得子，您想想能不疼吗？可是疼归疼，郑板桥的主意拿得很正，对儿子，可以疼爱，但绝对不能溺爱。

郑板桥由于工作需要，经常在外面出差。他不在家的时候，就把自己这儿子托付给弟弟。郑板桥在给弟弟的信里，说得非常明白："读书中举，中进士做官，此是小事。第一要明理做个好人。"

您看见了吗？郑板桥认为什么是最重要的呢？做个好人。

在信里，郑板桥特别提道："须长其忠厚之情，驱其残忍之性。"什么意思呢？就是说，教育孩子，考不考大学、当不当 CEO，那都是小事儿，关键是要培养孩子的人品。得让孩子从小就养成忠厚的品性，"忠厚传家久"嘛！孩子身上有了毛病，得及时扳回来！尤其不能让孩子变得冷酷残忍，不能因为他小，就纵容他，要让孩子从小就学会理解别人的困难，学会设身处地为他人着想，要有一颗愿意帮助穷苦人的心，即"爱天下农夫"。

这话说得可真对呀！您看啊，有的小孩，就爱折腾个猫啊狗啊的，逮住个小虫子，赶紧弄死。有的人可能觉得，孩子嘛，淘气，正常。

第一次折磨小动物，您觉得是小事儿，可是您要是从来都不管他，放任他虐待动物，他就会觉得自己这么干是对的。这以后呢？就会越干越出格，越干越离谱！所谓的"熊孩子"其实都是家大人给惯出来的，跟家大人要这要那，不给就闹，就折腾，满地撒泼打滚。长大了呢？教训自己的爹妈，甚至跟爹妈动手，这都是生活中常见的例子！说实话，这就是家长教育的失败，这样的孩子，他就是考上大学，满肚子的学问，又有什么用啊？坏人本事越大，别人就越倒霉！

不过呢，咱们教育孩子仁慈、善良，也要掌握一个度，不能把孩子培养得特别软弱，见什么都害怕，瞅什么都发怵，那也是变相地耽误孩子。

在这方面，谁是教育孩子的行家里手呢？

曹操。

曹操，大伙儿都知道，历史上的曹操，文武双全，雄才大略！他的几个儿子，什么曹丕啊，曹植啊，曹彰啊……个个都是好样的，拿出哪个来也不算"糠货"。

曹操是怎么教育儿子的呢？曹丕，就是后来篡了位，当了魏文帝的这位，他写过一本书，叫《典论》。在这本书里，曹丕回忆了自己童年时父亲对自己的教育。曹丕五岁的时候，曹操就教他学射箭，曹丕六岁就能拉开一张硬弓。您回忆回忆，咱家孩子六岁的时候在干吗，是吧？

等曹丕八岁的时候，已经是一个弓马娴熟的骑射小能手了，马上步下，那是相当有一套！而且，曹丕打小就跟着曹操南征北战，这么十几年下来，甭管论政治、论武功、论文采，曹丕都是当时少年郎里的佼佼者。饶是这样，曹操还不满意哪！在濡须口，曹操看见孙权年轻、勇猛时，不是还指着孙权跟别人夸吗？说什么"生子当如孙仲谋，刘景升儿子若豚犬耳"。

刘景升就是刘表。曹操还挺会拉踩的，说人家刘表的儿子，跟孙权一比，跟猪狗似的。曹操这话是说给谁听的呢？说给刘表听吗？显然不是，他是说给自己的儿子们听呢，就跟咱们今天动不动就说："那个老谁家的小谁多好多好。"您想，孩子听见能不吃心吗？一个个还不得在老爹的面前拼命表现吗？

相反，您再瞧刘备的儿子阿斗，那就是一个被养废了的典型。虽然说历史上真实的刘禅，并不像《三国演义》里写得那么废物，但拿他跟曹家这几位一比，用今天话说，整个就是一"弱鸡"。他爸爸刘备活着的时候，刘备老护着他；刘备死前，白帝城托孤，诸葛亮又护着他，护来护去，挺伶俐一个孩子，活生生给护废了。

所以说，骄纵孩子固然不可取，但一味地把孩子放在温室里保护，弄得小孩跟朵"白莲花"似的，经点儿风雨就现原形，那也不行。

别瞧刘备教育儿子不成功，他自己可不是这么长起来的。刘备本是一个织席贩履的小商贩，为什么最后能成就一番事业啊？这得归功于刘备的母亲。

您看《三国志》，说得明明白白的："先主少孤，与母贩履织席为业。"刘备小时候就没爹，他妈带着他当小商贩，卖一些草鞋、草席之类的东西。刘备十五岁的时候，"母使行学"，就是他妈让他出去上学去。

那位问了，老刘家都穷成这样了，怎么上学啊？那会儿又不像今天，国家有希望工程什么的？

其实呢，刘备能上学，是因为赶上好时候了。

东汉那会儿，国人崇尚"经学"，经学大家们都办了规模很大的私学，有名望的大家，据说收学生能收好几万人！那是名副其实的"大班授课"。您像大学问家郑玄，早年拜马融当老师，据说在马融家学习三年多了，连马融长什么样都没闹清楚，这种规模的私学，都是马融的弟子转教。

刘备这学，也是这么上的。说穿了就一个字，蹭。《三国志》里说道："母使行学，与同宗刘德然、辽西公孙瓒俱事故九江太守同郡卢植。"这句话透露了好几个关键信息。第一，刘备有俩同学，一个叫刘德然，是刘备的同宗，一个是辽西的公孙瓒。看过《三国志》，您就知道，这位后来也是一路诸侯。第二，他们的这位老师，非常有名，是东汉的大儒、名臣卢植。卢植是涿郡人，也就是今天的涿州人，跟刘备是同乡。第三，卢植当时是"故"九江太守，就是说当时他没当官，在家赋闲呢。最后一条，刘备这学是怎么上的呀？"行学"，行学就是游学，说白了就是不交学费，跟着一块儿听大课。那会儿，很多穷人家孩子，什么高彪、王充、桓荣等等，都是这么游学的。游学可以不交学费，但您也不能白听课，得给老师家干点儿什么，扫扫地啊，做做饭啊，反正得干点儿活儿。

那生活费怎么解决呢？刘备这个同宗刘德然的爹叫刘元起，算是刘备的叔叔吧，《华阳国志》上说，这位把刘备的伙食费、生活费给包了，"与德然等"，意思是我对我儿子什么样，我也对你刘备什么样！

刘元起这媳妇就抱怨了："各自一家，何能常尔邪！"咱多养一口人？

老这么着哪儿行啊？刘元起说："你呀，头发长见识短，这孩子将来可了不得！"

咱也不知道刘元起怎么看出来的。想来人家也是很会识人了，要知道刘备这学习成绩当时可不怎么样。书上说得清楚："先主不甚乐读书。"意思就是不怎么喜欢看书，那他喜欢什么呀？喜欢狗马、音乐、美衣服。说白了，就是讲吃讲穿。

同学里，刘备最好的朋友就是公孙瓒，这位是太守的姑爷，您想公孙瓒穷得了吗？刘备成天跟这样的富家子弟混，那开销能小得了吗？各种应酬需要花钱，他那位刘元起刘叔肯定管不了了。那么这笔开销是谁给呢？思来想去，只能是他妈给了。

按理说啊，自己家这么穷，孩子老出去跟人斗富，家大人应该很糟心才对。但是从史书上看，好像刘备干这种事儿，心里一点儿负担都没有。那就只有一种可能，家里人是支持的。

这恰恰是刘备妈高明的地方。在那个时候，想要提升社会地位，首先得跟高干们混个脸熟。您要不熟悉人家那个圈子，多能干也没用。咱知道，不光刘备，曹操也一样啊，打小就哄着袁绍他们那帮高干子弟一块儿玩儿，图什么？就图"进圈"，进了圈子就好办事儿。事实证明，刘备他妈这苦心没白费。您后来瞅吧，刘备出道，也是靠着老师卢植，而且动不动就找公孙瓒借这借那，要没当年那点儿交情的底子，也就没有后来的刘备了。

当然了，刘备属于"个例"，当时生产力水平低下，又赶上兵荒马乱，他的寡母能有这种为儿子投资未来的眼光，可以说是很厉害的老太太了。摊上这么一个能干的妈，孩子也算赢在了起跑线上。不过，咱们中国人传统的育儿理念，还是不鼓励孩子从小就讲究吃穿，相反，得让孩子吃点儿苦、受点儿罪，这才能长大成人。

把这种教育理念贯彻得最为彻底的，就数清朝皇室了。实话说，大清朝皇家教育孩子的狠劲儿，真挺变态。别的不说，皇子每年的假期加一起只有五天：元旦放一天，端午节放一天，中秋节放一天，万寿节，也就是皇上过生日时放一天，最后还有小皇子自己的生日当天可以休息。剩下的日子，甭管出多大的事儿，皇子都得上学。就连过年，都要一直上课，最多除夕当天下午能提前放会儿学。

每天的作息时间呢？首先，早上四点起床，就这一条，您甭说学生，现如今连大人也没几位做得到。五点钟正式开始上课，从早上五点，这一竿子直接捅到下午五点。

有人该问了，那这一天到晚也不能老上课呀？课间不得休息十分钟啊？对不起，真没那么多休息时间，小皇子每天最多休息两次，还得先请示师父："师父，不好意思您哪，我得上个厕所。"师父点头同意了，这才能去呢。

那有人问了，小皇子的同学们不都是宗族子弟吗？身份那么尊贵的孩子，课间聊聊天总可以吧？

行啊，但只能聊跟念书有关系的事儿，你要是跟大家聊你怎么玩儿游戏，怎么追剧，师父就要让你罚站。

不过呢，大清皇室这套鸡娃法宝，前期还算管用，康熙、雍正、乾隆，都受过良好的教育，工作后干得也都算不错。再往后，这一套就不怎么管用了。溥仪还请过洋老师庄士敦呢，有什么用？大清不还是亡了吗？

所以说，鸡娃这事儿吧，就跟那"六脉神剑"似的，时灵时不灵。教育方法赶上时代需要了，鸡娃就很管用；没踩好点，那就很不管用。与其鸡娃，不如跟孟子他妈、杜华他妈似的，以德育为主，把教育的重心放在培养孩子做一个好人上，其实您只要把这件事儿做成了，在我眼里，您就已经很成功了。

13

情商：别以为狐狸都是小妖精，

为人处世可到位了

万事留一线
江湖好相见

最近听到一句老话，分享给大伙儿，叫"家有四样，不破也亡"。哪四样呢？酗酒、缺德、赌博、家庭不和。

这话说得对，能总结出这句话的人，想来阅历也比较丰富。不过要我说，酗酒、缺德、赌博，这些毛病虽然难改，还不算彻底没救，只有家庭不和是很难挽救回来的。一个已经破裂的家庭，想要修复人际关系上的裂缝，让大家都重归于好，那真是比登天还难。

家庭关系啊，其实细分析起来，无非是夫妻关系、婆媳关系、亲子关系的总和，这些关系处不好，家庭就容易破裂。但这些关系就是最错综复杂、最一言难尽的，所谓清官难断家务事儿，就是这个道理。

咱们今儿就重点说这个夫妻关系。

电视剧里，一演到夫妻感情破裂，就会安排丈夫找个小三儿，然后媳妇捉奸捉双，指着小三儿破口大骂："你个狐狸精！"好像人家狐狸精每天啥也不干，专管破坏别人家庭似的。

可巧我最近看了一本书，书里的狐狸精说了："俺们不背这个锅。"

这本书就是大名鼎鼎的《阅微草堂笔记》，可能您不了解这本书，但这本书的作者，您绝对是耳熟能详——铁齿铜牙纪晓岚啊！

咱们都看过电视剧里的纪晓岚，机智诙谐，把和珅耍得团团转，真应了《九品芝麻官》里的一句话，"贪官奸，清官要比贪官更奸。"真实生活中的纪晓岚是个什么样的人呢？不好说。

熟悉历史的朋友知道，清朝大兴文字狱，雍正皇帝执政时，翰林徐骏出了一本诗集，里面有"清风不识字，何故乱翻书"等诗句，被仇家拿去举报，雍正一看，气坏了，觉得徐骏是侮辱满人没文化。既然这样，你就去阴间陪朱家的皇帝去吧！雍正就给徐骏定了"大不敬"的罪名，斩立决。

在这种高压政治环境下，大家说话都特别谨慎，一不小心，您那小命就没了！但文人总有表达欲，你不让我说正经的，行，我就讲鬼故事吧。于是，大清朝开始流行各种玄幻故事，最著名的就是蒲松龄的《聊斋志异》，这部书在当时影响极大，纪晓岚也读过。纪晓岚读完就不服气啊，我也是资深知识分子，我也得写点儿什么啊，但他在朝廷上班，不能大大方方地写时事，纪晓岚一着急，干脆也鼓捣出了一本书，就是《阅微草堂笔记》，里面讲了很多神鬼狐仙的故事。

《阅微草堂笔记》里的文章都不长，每篇最多也就几百字。纪晓岚的作品集合了现在网络小说的三大特色：悬疑、恐怖、耽美。您比如说里面有个短篇，讲一个书生在破庙歇宿，遇到一个美女，俩人亲热了一晚，第二天早上，书生才发现美女是个男的……怎么样？是不是悬疑、恐怖、耽美俱全？！

纪晓岚大概是挺喜欢狐狸的，这本《阅微草堂笔记》里面，有很多谈狐狸精的小故事，这些小故事也特别有烟火气，编得有鼻子有眼的，而且里面的狐狸精要么诙谐，要么狡黠，还都挺萌的，而且个个通情达理，秒杀很多当代人。

您比如说，在《如是我闻》这一章节里，就有个很厉害的老狐狸精。

故事里讲到沧州有个叫刘师退的才子，咱们可以说他是个记者。为什么这么说呢？因为他在朋友的介绍下，跟一个狐狸精联系上了，想采访人家一下。对方是个看上去五六十岁的老狐狸，蓄着几根狗尾巴胡子，头发花白，对人类挺友善，就接受了他的采访。

刘记者好奇狐狸的日常习惯，就问人家："你们这个族群能不能长生不老？""你们这个族群在人类这边名声可不太好啊。""你们修炼的时候干了不少缺德事儿吧？"问题都挺尖锐的，不过老狐狸也不反感，笑着一一回答。最后，刘记者问了一个夫妻关系方面的问题："老伯，你们狐狸动不动就跑到人间乱搞，难道就不怕配偶生气吗？"

要说这人也太轴了，一般人谁和刚见面的人问这个啊，可刘记者偏就问了，这情商也是没谁了！

好在老狐狸也没生气，笑了笑："你这问题问得太放肆了，不过你既然问了，那我还是回答你吧。"不得不说，人家这狐狸精，格局真是大！接下来，老狐狸就开始侃侃而谈，说狐狸一族中，只要是没有结婚的，都可以像季姬、鄅子那样，自由自在地交男女朋友，狐狸一族的风气是很开放的。

季姬是春秋时期鲁国国君的女儿，本来是要嫁到邾娄国的。这个国家特别小，它其实就是现在山东邹城那一带。在前往邾娄国的路途中，季姬遇到了鄅国的国君鄅子。季姬漂亮，鄅子帅气，两人一见钟情，爱情如洪水溃堤，一发不可收，然后鄅子就去鲁国求婚，最后两人过上了幸福美满的日子。

老狐狸接着说，虽然狐狸精在婚前能像季姬、鄅子那样自由恋爱，但如果结婚了，那就跟人类一样了，有了婚姻法的约束，绝对不能出轨搞外遇。谁要是搞外遇，谁就是狐狸家族的公敌，大伙儿一起上，揍他个落花流水。

刘师退听得一愣一愣的，这狐狸精简直比人还正直啊！

采访结束，刘师退打算告辞了，就对老狐狸说："能采访到您，真是三生有幸，您可以给我一些意见和建议吗？"

老狐狸犹豫了半天，才给了他一句实话："待人处世要心平气和，不要作，太作容易生是非。"

您看这老狐狸的话术，话里有话吧？点你一下，但人家不跟你撕破脸。

《阅微草堂笔记》里还有一章《槐西杂志》，讲了另一个狐狸精的故事。

在清朝，有个叫张四喜的村汉，家里穷得叮当响，全靠给别人打短工过日子。有一次，张四喜到万全山打工。纪先生也没说这个万全山在哪儿，我查了下资料，河北省张家口市有个万全区，咱们姑且就当这事儿发生在张家口吧。这一天张四喜来到张家口劳务市场，蹲路边揽活儿，一对老夫妻看中了他，让他去自己家里种菜。

张四喜特别珍惜这份工作，起早贪黑地干活儿。他手脚麻利，人也忠厚，老夫妻很喜欢他，正好家里有个闺女，就干脆招了张四喜当了上门女婿。婚后，就算小两口偶尔拌嘴，媳妇也总是让着小张，磕磕绊绊偶尔也有，但总体来说，一家人过得和和美美的。

又过了几年，丈人丈母娘说，想去塞外看大女儿，小张就带着媳妇回自个家了。儿子好几年没回家了，突然回家，还带回来一个漂亮的小媳妇，爹妈笑得嘴都合不上了，一家人和乐融融地生活在一起。

有一天晚上，天降暴雨，电闪雷鸣，狂风刮得呜呜地响！张四喜正睡觉呢，突然觉得腿上毛茸茸的，掀开被子一看，腿上搭着好大一条狐狸尾巴！

哪儿来的尾巴呢？媳妇屁股上长出来的！

妈呀，原来媳妇是个狐狸精！

虽然民间故事里也有许仙娶白娘子这段佳话，但张四喜可接受不了这个，人怎么能和妖精结婚呢？这也太羞耻、太可怕了！张四喜就动了心思，想要除掉自己的媳妇！

有一天，他趁着媳妇一个人在外面干活儿，偷偷弯弓搭箭，一箭正中了媳妇大腿！媳妇用手拔出箭，来到小张的面前，看着丈夫叹了口气：

"瞒了这么久,还是被你发现了。结婚这么些年,咱俩一直相敬如宾,你难道对我没有感情?我毕竟是你的妻子,纵然你对我不仁,我也不能对你不义!既然你讨厌我,那我就走吧。"

狐狸精握着丈夫的手号啕大哭了一会儿,就凭空消失了。张四喜又恢复了平常人的生活,但没个枕边人嘘寒问暖,操持家务,他过得也不快活,郁郁寡欢地活了没几年,就病死了。

张家穷啊,家徒四壁,张四喜死后,家里连口棺材都买不起,尸体就这么停在堂屋里。爹妈正发愁呢,突然,狐狸精儿媳妇从屋外走进来,礼貌地拜见了公婆,把以前的事情一五一十说清楚了,狐狸精说自己虽然离开了,但没有做对不起老张家的事儿,所以才敢走进老张家的大门。

听完儿媳妇的话,张四喜的老娘特别感动,指着儿子的尸体大骂,说儿子没良心,对不住儿媳妇。狐狸精呢?低着头不说话。屋外围观的吃瓜群众越来越多,一个大婶听着不是滋味,也站出来骂四喜不是东西。

狐狸精就不高兴了,跟大婶说:"爹娘骂儿子,那是天经地义的事儿。你是谁啊?竟然当着我的面,骂我丈夫!"说完,就很不高兴地离开了。

她走以后,家里人在张四喜尸体旁边发现了五两银子,这才买了口棺材将他安葬了。儿子死了以后,家里没了劳动力,张四喜爹娘的日子过得更艰难了。有一次,张四喜的娘正饿得眼冒金星,突然发现米缸里装满了大米!老两口赶紧淘米煮饭,饱饱地吃了一顿。以后的日子,老两口时不时就能在瓶瓶罐罐里发现一些钱或粮食,这些都是狐狸精儿媳妇送来的。

张四喜害怕老婆,我不能说他是坏人,毕竟人天生就怕鬼怪。但是对于这个狐狸精的做法,我要点个赞,真是一个落落大方的狐狸精啊。咱们老百姓过日子,要有人家狐狸精这份心胸,那还有什么解决不了的家庭矛盾呢。

《阅微草堂笔记》里的狐狸精,不但善于维护婆媳关系,孝顺老人,在哄媳妇开心这个领域也很有一手。在《滦阳消夏录》这一章里,有一个很风趣的小故事，我给您各位转述一下。

纪先生说，他的叔叔纪仪庵生前开过一家当铺，位置在西城。这个当铺的二楼常年被狐狸精占据，一到晚上就能听见上面热热闹闹的，动静很大，但是呢，这帮狐狸精倒也不害人。天长日久，大家相安无事，也就习惯了彼此。这二楼的房间，我叔叔也不上去，权当是借给狐狸精住了。

结果有一天晚上，楼上这动静就不对了：一会儿是妇女的骂声，一会儿是用皮鞭抽人的声音，一会儿是家具倒在地上的声音，甭提多闹腾了！楼下当铺的掌柜、伙计们都觉得奇怪，大伙儿就都竖起耳朵听楼上的动静。正听着呢，忽然楼上就有人大喊："楼下的各位，你们都是明理之人，我就问问你们，世上有没有妻子打丈夫的？还有没有王法了？"

这个声音充满了委屈，一听就是刚挨过揍。也是赶上那个寸劲儿了，楼下有个伙计，昨儿刚被老婆揍了一顿，脸上还留着好几条老婆指甲挠的血道子。众人你看看我，我看看你，最后都把视线集中在他脸上了，一群人哈哈大笑，冲着楼上喊："这种事儿到处都有，不足为奇呀！"

楼上也聚了一大家子狐狸，估计刚才都在拉架，听见楼下众人这么一喊，楼上这一大家子狐狸也是哄堂大笑，那对打架的狐狸夫妻也不打了，跟着一起笑，这场男女混合双打也就告一段落了。

纪晓岚先生听说后，就去找自己的叔叔问是不是有这事儿，他叔叔就说："有，这狐狸不错，一笑泯恩仇，是个高手。我觉得吧，像这样的狐狸，咱们可以跟他交个朋友。"

纪先生就总结了：人也是动物的一种，大家不要把自己想得太特殊了。人之所以和动物有区别，是因为人类会思考，如果动物经过修炼，能够思考，那人家就是灵兽了，跟人差不多，咱们也要尊重人家。

这里我们得表扬一下这个挨打的狐狸小伙子，这小伙子不错，被老婆打成那样了，还很有分寸感，懂得向场外求助，会用幽默化解尴尬，给老婆台阶下，确实是个人才，不对，是个"狐才"。哎，小动物就是招人喜欢，要不怎么咱们于大爷非得弄个天打雷劈的宠物乐园呢？关于狐狸精，就写这么多吧。最后提醒您各位一句，如果在街头遇到小媳妇打爷们，咱能劝就劝劝，虽然这种事儿到处都有吧，到底打打杀杀的不是个事儿，一家人终归要相互体谅。

14

老王：京城八大铁帽子王之『绿帽子王』，世袭罔替！

一入江湖深似海

从此节操是路人

说到隔壁老王，很多德云社的老朋友就精神了："这个我知道，隔壁老王嘛，京城八大铁帽子王之'绿帽子王'，世袭罔替！"

嚯！您知道的还挺多，但我要说的隔壁老王，跟您听过的隔壁老王，可能还有点儿不太一样。

今儿咱们就来研究研究，隔壁老王到底是个什么王。

很多男性读者对隔壁老王都有种与生俱来的畏惧。绿帽子王，多吓人！关于隔壁老王的网络段子特别多。不过，隔壁老王的故事可不是现在才有。在古代就有关于隔壁老王的故事了。清朝的《笑林广记》里边有个小故事。说有一个少妇，长得很漂亮，但她老公常年不在家，用现在话来说，这位小姐姐就有点儿空虚寂寞冷。

人一旦感到空虚寂寞冷，就难免想热闹热闹，小姐姐就自己在家里搞搞乐器，唱唱歌："姑娘叫大莲，俊俏好容颜，此花无人采，琵琶断弦无人弹……"

您就得问了："那时候有这歌吗？"

嗐，咱们就是随便这么一说。

小姐姐这么一唱啊，隔壁有个邻居就听见了，心说：这个曲子好啊！他就上门去找小姐姐："您看，我也是个乐器爱好者，咱俩交流交流心得吧。"

俩人一拍即合，从此天天一起搞乐器。

这一天，他俩又一起搞乐器，小姐姐的老公回来了。

"咣咣咣"一敲门，屋里这俩傻了。还是小姐姐有主意："你躺床上别动，有什么事儿我兜着！"

邻居也急眼了："这事儿你兜得住吗？"

小姐姐就安慰他："不要紧，你看我的。"说完就去开门。

话说她老公，打从进门起就不太高兴。为什么呢？这么些天没在家，好不容易回趟家，媳妇开门磨磨叽叽，这里面不对劲儿。她老公进了门，也不坐，起身在屋里转了一圈，发现床上躺了一个男人。她老公不乐意了，指着床上的邻居问媳妇："这怎么回事儿？！"

媳妇一点儿都不慌："你不认识他？"

她老公又仔细看了看："不认识啊。"

媳妇说："这是隔壁老王啊，你忘了？"

她老公常年在外，对这个邻居确实没印象，可又转念一想："不对啊，隔壁老王怎么跑我们家来躺着？"

媳妇一笑："嗐，你是不知道。他老婆是个母老虎，老王今天跟她拌嘴，被老婆打伤了，这不躲到我们家来了嘛。"

听完这话，她老公就笑了："连媳妇都打不过，你可真怂！"

媳妇也跟着说："不要紧的，估计这会儿嫂子气也消了。王大哥，你也歇得差不多了，赶紧回去吧。"

就这样，隔壁老王平平安安地回了家。

各位，这就是我知道的隔壁老王的故事。当然，有读者朋友就要问了："隔壁老王到底算是个什么王？'王'这个字是怎么来的？"

这要认真研究起来，学问就大了，咱们先说"王"是怎么来的。

最早"王"这个字，是为国家的最高统治者设计的。其他人不可以称自己为王。所以，在古代，一说起什么国家的最高统治者，都统称为"王"。商纣王、周文王、周武王，这些都是那时候的一国之君。说是皇帝也对，但是，他们那个时代还没有"皇帝"这个词。

春秋战国时期，这些诸侯国都属于周朝，所以，他们管周朝的最高统治者叫"天子"。在那个年代，统治者都喜欢说自己是上天之子，顺应天命，来统治老百姓。不光中国，古代好多统治者都爱拿这个理由来糊弄老百姓。您想啊，老天爷的儿子，在人间肯定是至高无上的存在嘛。

现如今这些电影、电视剧，也有设定在春秋战国时期的，里面经常出现各种君主。而且只要是个君主出现，很多人开口就喊"大王"。其实，这个表达并不准确。"大王"这个称呼是从戏曲上演变过来的，您去看看史书，当时大家都称这些国君为"公"。那时候，只有天子才能封赏列国的国君。封赏的爵位分为五等：公、侯、伯、子、男。通常国君都是爵位最高的，所以，诸侯国的国君一般都被称为"公"。

"王"在那个时代，特指周天子，您看史书里面，什么"武王伐纣""文王拉车""周幽王烽火戏诸侯"，这里面说的"王"，都是当时的天子。其他人如果称王，就是僭越，超越了自己的本分，冒用了更为尊贵的名号，在当时来说，跟谋逆叛国没什么两样。

那后来为什么又跑出来好多"王"呢？

话说春秋时期，楚国有个国君叫熊通。这个人有一个很特别的爱好，就是喜欢到处出兵打仗。慢慢地，楚国就成了当时最强大的国家之一。人一旦实力强了，就总想干点儿别人不敢干的。有一回熊通去打一个国家，这个国家叫"随国"。国君的爵位不高，只是个侯爵，人称"随侯"。

熊通打到随国，跟随侯提了一个要求："你去跟周天子传句话，只要能办到，我就放过你。"

随侯问："你要我跟周天子说什么？"

熊通说："自平王东迁之后，诸侯国都在乱来，乱臣贼子特别多。祝聃多混蛋啊，还拿箭射天子！这么不像话的人，天子都不敢惩罚，也是挺窝囊的。不过没关系，我有本事，我可以保护天子。但是，我有一个小小的要求，我要'观中国之政，请王室尊吾号'。"

随侯心里这叫一个气啊：我好歹也是个诸侯国的国君，你怎么这么欺负我，让我给你当传声筒呢？！但他也没办法，打不过啊。要打得过早翻脸了。

随侯就去见了当时的天子周桓王，跟他一五一十这么一学："您老人家看怎么办吧！"

熊通这段话可是很过分的，相当于咱们跟董事长说："你给我弄进董事会，给我一个总经理当当，我就保护你。"

周桓王听完，也非常不高兴。当初，周平王东迁之前，王室的地盘一直都在被犬戎这些番邦骚扰，没办法，只好迁都洛邑。迁都前后，郑国国君最为卖力，其他的诸侯国也多少有所表示，只有楚国国君，连个脸都没露。你还想进我的董事会？我这儿早就满编了！

周桓王就召集大臣，大家蹲在一起商量：这可怎么办呢？要是真的跟楚国这时候翻脸，咱们都得玩儿完。

大会小会各种开，开完了之后，就有大臣给周桓王出了一个主意："您不能给他诏书！您想啊，您要是答应了熊通，给他封了尊号，其他人还不得跟着闹？还不得跟着都要称王？国家还不得乱了套？您可以让他自己选择爵位，公、侯、伯、子、男，看他自己喜欢什么。如果熊通胆敢称王，咱们就骂他'僭越'，其他国家的国君也得跳起来揍他！"

这帮臣子想得挺好的，熊通要敢称王，咱们就告诉其他诸侯国的国君："你们看看啊！楚国国君僭越了！他有谋逆的嫌疑！你们不揍他吗？"

就这样，熊通想要称王的要求被拒绝了。熊通能受得了吗？他这边让随侯去跟周桓王传话，那边早就自己跟家里摆上香案，随时准备称王了！随侯回来跟他说："不行啊，天子没有给您诰封的诏书。"熊通哪儿能忍得住，跳起来就嚷嚷："王不加位，我自尊耳！"

什么意思？你不给我封，我自己来，我想给自己封什么就封什么！

熊通还是很有志气的，不但给自己封了一个楚王，还给自己起了个谥号，叫楚武王。

谥号这玩意儿，本来是后人为了追念去世的帝王、贵族、大臣等起的一个尊称，熊通倒是不嫌晦气，人还活着呢，就自己给自己起了个谥号。

这还了得？！这就等于向全天下宣告：他熊通像天子一样尊贵。

而且熊通不单给自己加了封号，还召开了诸侯代表大会，要求其他国家的诸侯都来楚国开会。

按理说，这么明显的僭越行为，周天子应该站出来吱一声，号召诸侯讨伐叛逆什么的。但是，周天子没有。不但没有，随国被熊通给打败了，周天子都没站出来说一句话。

周天子打的什么主意呢？他想：我打不过熊通，但是，诸侯国的国君可以啊，你们好好想想，本来你们跟熊通一边大，甚至熊通比你们还低一阶，他现在忽然称王，骑在你们头上，你们心里过得去吗？都联合起来揍他啊！

但是，用现在的话来说：你若不勇敢，谁替你坚强？！

眼看周天子自己都默认了熊通称王，其他人还能说什么？熊通称王之后，其他的国君也觉得周天子没什么可怕的，转头一想，楚国的熊通能称王，我也能。于是其他国家的国君也纷纷开始称王，什么赵王、齐王，遍地是大王。在老百姓心里，周天子的威信也越来越低。

老话说得好：法不责众。犯法的人多了，就没办法管了。周天子也是没招了，只好默认了这些国君的僭越行为。

也就是从这里起，"王"不再是天子的专属称号。您看《西游记》里面，孙悟空发现了水帘洞，众猴都敢尊他为王。而且封号很好听，由于孙悟空在猴子里算长得俊俏的，因此他的封号就叫"美猴王"。

那"王"怎么又演变成了百姓的姓氏呢？

王这个姓氏的来源，要从周天子自己的家事说起。

在秦汉之前，老百姓没有姓氏这一说。《通志·氏族略》里边就有记载："贵者有氏，贱者有名无氏。"

什么意思呢？就是说，在当时的封建社会里，只有贵族才配有姓氏传承，老百姓没资格拥有姓氏。在那个年代的文章里，提到普通百姓的时候，往往会用他们的职业，来指代这个百姓。比如说《庖丁解牛》，庖丁就是厨子，这个故事从头到尾没有提到厨子的名字，为什么？因为老百姓在那个社会不配有名字，那是贵族的专属。

那么，"王"这个姓，是哪位贵族最先开始用的呢？

东周有个周灵王，他没什么本事，是一位平庸的天子。正因为他没有什么能力，诸侯国的各位国君就开始蠢蠢欲动，有了谋反的心思。

周灵王虽然没有什么本事，但他有一个儿子，叫姬晋，史称太子晋。"姬"就是周朝天子的姓氏，"晋"是他的名。姬晋特别聪明，历史上说他温良忠厚，聪明博学。但诸侯们连他爸爸都不尊重，还能对他客客气气的吗？

据说当时的晋国国君很有野心，不但侵占了周天子的地盘，还派人去觐见周灵王。周灵王是个绣花枕头，明知道晋国侵占了王室的地盘，也不敢吭声。但是十几岁的姬晋不乐意了，他告诉使臣，要"仁义为本"，大庭广众之下，把晋国的使臣给撅了一顿。

这么一来，姬晋的名声就传了出去，很多人说太子年纪轻轻就能够辅佐朝政，面对使臣进退有度，是个能干的储君。

但是，当儿子的这么能干，就越发显得当爸爸的没本事了。也是赶巧了，有一天下大雨，周王宫快被水淹了。周灵王就召集大家开会："大家商量商量，这个水怎么治理啊？"

周灵王的意思是，让人建立堤坝，用堵截的办法把水拦住。但姬晋不同意，说："爸，这么蛮干可不行。自古以来，天地万物生生相克。水不能堵，得疏导。"引经据典地跟他老爸讲道理，还引用了大禹治水的例子来批评他老爸。

您想啊，是人都要脸面的，当爸爸的被儿子给训了，还是当着文武大臣的面。周灵王哪儿能受得了这个？二话没说，就把姬晋给废黜了。周灵王心说：你别当太子了，省得老让我下不来台，去当老百姓去吧。

就这样，姬晋从太子晋变成了平民。

我前面写过，那时候的平民是不配有姓氏的，姬晋又是被废黜的贵族，姬这个姓，也不能再用了，再用就算僭越。王室的姓，平民百姓哪里用得起呢？

但是，姬晋毕竟也是王室的后代，也不能有名无姓啊，于是世人称其为"王家"，后来就沿用为姓。所以从他开始，才有了"王"这个姓氏。

至于隔壁老王，估计就跟正经的王室贵族没什么关系了，顶多是沾了祖上的德行，得了这么一个贵气的姓氏。一般人也不用怕他，您只要回家的时候多个心眼就行，可千万甭遇见隔壁老王搞乐器啊！

15

傲娇：左列钟铭右谤书，

人间随处有乘除

竹影扫阶尘不动
月穿潭底水无痕

清康熙十三年（1674 年），靖南王耿精忠在福建举兵叛乱。

康熙皇帝下令，特命康亲王爱新觉罗·杰书率兵讨伐。大队人马来到浙江地面的时候，有人奏报："启禀王爷，辕门以外有一支当地的乡勇前来投效，领头的是一对父子。"

康亲王闻报，心里就是一动。按理说，有人投军报效，这是好事儿。但要是细琢磨起来，这事儿里也透着危险。咱前文交代过，这是康熙十三年，康熙皇帝爱新觉罗·玄烨才二十一岁。清军刚入关没多长时间，好多地方还都没整明白呢！尤其是三藩，动不动就折腾！这不，耿精忠最近不就闹起来了吗？地方上的汉军随时都能拉起一支武装，对于他们满人来说，这是祸，不是福。

康亲王正在这儿琢磨呢，报事的人又说了一句："王爷，这人您不用怀疑。这是汉军旗的旗人，顺治初年就投靠咱们大清了。"

康亲王一听："哦？旗人？那得见见。顺治爷在位就投靠过来了，那是隔年的兔儿爷——老陈人了。请！"

答一"请"字，侍卫把前来投靠康亲王的爷俩召进了大帐。等见了面，一通名姓，康亲王这才知道，来者不是一般人，是浙江当地的一位豪杰之士。那这位豪杰是怎么个来历呢？您听我慢慢地说。

说这位豪杰之前，咱们先简单介绍一下康亲王这人。但凡看过《鹿鼎记》，您对这位应该就不陌生。《鹿鼎记》里的康亲王那绝对是老油条了，见人说人话，见鬼说鬼话，皇上一说话，他就"好好好""是是是"。

其实这位爷可不是寻常人物。曾有一个说法叫"清朝六大亲王"。什么意思呢？就是说整个大清王朝，地位最显赫的王爷加起来一共有六位，个个都是权倾一时的主儿。头一位，就是咱们这位康亲王的爷爷，礼亲王代善！第二位就是睿亲王多尔衮，第三位是安亲王岳乐，第四位就是康亲王杰书，第五位是怡亲王胤祥，第六位就是恭亲王奕䜣。

您瞧瞧，一个善茬儿都没有！全是不好惹的！康亲王能在这里面排上名次，您琢磨琢磨他的分量。

康亲王这次来浙江，除了要扫平耿精忠的叛乱，还有一项重大任务，就是要收复台湾。全是大活儿，手底下没有人不成啊。这可真是想吃冰就下雹子，要用人的时候，就来了这么一支浙江本地武装力量，据说领头的还是个侠客。

那这位侠客叫什么呢？咱先不着急说他姓什么叫什么，先给他取个代号，就管他叫"老姚"吧。

老姚是明末天启三年（1623 年）生人，这个时候，大明朝已经行将就木，快要走下历史的舞台了。公元 1644 年清军打进山海关，然后一路南下，占领了整个中国。

这时老姚在干吗呢？旅游。

老姚这人有个特点，比较自我。他觉得：国家大事跟我没什么关系。清朝人打进来，也没犯着我什么事儿，该玩儿我还得玩儿。结果，他到通州旅游的时候，犯了事儿了。

这儿补一句啊，咱说的这个通州是江苏的南通，不是北京的通州。"南通州，北通州，南北通州通南北"，说的就是这俩地方。南通当地有个跋扈的土豪，也不知这土豪是上班的时候踩老姚脚了，还是抢了老姚的煎饼馃子了，俩人你一言我一语，竟闹到了衙门。土豪在衙门有熟人啊，不用问，老姚吃了亏了，他憋了一肚子气，一怒之下，投靠了清兵。

清朝这边正愁没人给帮忙呢，当即任命老姚为南通知州。老姚当官之后干的第一件事儿，就是把欺负自己的那个土豪给逮来了，当着众人的面，一不审二不问，直接把土豪活活打死。完事儿之后，老姚把官服一脱，辞官回家了。

报完仇就走，就是这么莽。

后来又出了一件事儿。还是老姚，还是在他旅游的时候——这人也没别的事儿，天天就旅游。老姚路过萧山的时候，看见两个当兵的强抢民女。老姚一看，这咱不能落空啊！掺和掺和！走过去一抱拳："二位官爷，好雅兴啊。"

当兵的一看："你是谁啊？"

老姚一脸笑意："您甭管我是谁了。这种好事儿，见者有份啊！"

俩当兵的听出这话不对："你想怎么样？！"

说话的工夫，这两人就松开了姑娘，冲老姚走过去了。老姚还是一副笑脸："官爷莫急。人生一世，草木一秋，找点儿乐子那是应该的，只可惜您二位还是不会玩儿。人都说'酒色之徒'，您这光有色了，没有酒哪儿行啊？"

"你净说废话！有钱喝酒我们还干这事儿？！"

"您没有，我有啊。"说话中间，老姚的手就伸进怀里了。当兵的怕他有诈，刚要抄家伙往前冲，为时已晚！就见老姚拔出刀来，一个箭步上前就劈死一个！剩下那个还想还手，老姚反手又是一刀。转瞬之间，两个兵贼就命丧当场！

把人杀了之后，老姚还不急着走，他把那个姑娘送回了家，这才扬长而去。

您别以为我这儿写的是武侠小说。这件事儿在《清史稿》里面有记载。传记的名称就是故事主人公的大名，此人名叫姚启圣。

一提"姚启圣"这仨字，大伙儿估计都得纳闷儿："不能吧？我看过电视剧。《康熙王朝》里面说姚启圣起初是最看不起满人的，多少年都不愿意当清朝的官。最后康熙爷把他放进大牢，熬了他整整三个月，才把他给收服了。怎么，他这么早就投靠清廷了？"

我跟您说啊，《康熙王朝》里面，苏廷石老爷子扮演的姚启圣的确深入人心，这个角色塑造得特别立体。苏老爷子演出了姚启圣身上那种性情乖张、办事儿果断、嘴里不饶人的劲儿，连皇上他都敢当面挖苦，弄得皇上好几回想宰了他！要不是他真有能耐，这人绝对活不下来。

另外，电视剧里面还通过索额图的嘴，讲述了姚启圣的来龙去脉。说他先开始官居福建巡抚之职，此后，他这官阶是一路下滑。巡抚是从二品的大员，他可好，硬把自己折腾成了从九品的芝麻官，最后去了盛京郊区的一个马场给皇上养马。之所以这么一路往下出溜，是因为他不愿意给满人当臣子，内心里面还是抱着"大汉族主义"。

其实这些故事完全是虚构的。根据《清史稿》的记载来看，姚启圣这一辈子去过最北的地方，大概率也就是北京，我猜他连关外都没去过，更没去过盛京郊区的马场。至于见没见过康熙皇帝，那我就不知道了。电视剧里说他是通过周培公的举荐，才得到皇上的重视，实际上人家姚启圣是自己主动投效清廷的。

那位问了："为什么姚启圣这么心向大清呢？"

咱们可以尝试着分析一下。

第一，老姚家有钱。有钱，革命性就差。您想啊，他自己能掏钱养活一支武装力量，就算人不多，那也得花钱啊！康熙二年（1663 年），姚启圣被任命为广东省香山县（今广东省中山市）的知县。前任知县卸任的时候，府库亏空了好几万两白银。上面知道以后，就把前任知县给抓起来了。姚启圣听说后，用自己的钱替人家给补上了，救了那人一命。敢这么办，说明老姚是真有钱。但人怕出名猪怕壮，这么有钱，清廷难保不惦记他。老姚是明白人，与其等人算计，还不如主动投靠呢。

第二，姚启圣一直无法融入江南的汉人地主圈子。刚才咱们提到他跟南通的土豪发生冲突的事儿，就因为这件事儿，他就把对方给弄死了。就冲他这德行，也难怪江南的土著圈子与他水火不容。事实上，也正是因为这起冲突，姚启圣才生出与清廷绑定的心思。

第三，这就纯属我瞎猜了。姚启圣有个儿子，叫姚仪，挺有本事。体现在哪儿呢？劲儿大，有力气。史书上说，姚仪擅长射箭，百步之外能射穿四根木头桩子。这不光是劲儿大了，还有技术。姚仪最早也是个知县，不过不是考来的，是拿钱捐的。从父亲的角度上说，投靠朝廷，给儿子谋个出路，也是说得过去的。当然了，这是我一家之言，也许是我多想了。

姚仪需要花钱捐官，看来是学问不太行。那位问了："儿子的学问不行，那姚启圣这当父亲的学问怎么样？电视剧里可说了，姚启圣是个大才子，这不会也是编的吧？"

这一点老郭倒是可以肯定，姚启圣的确有学问。顺治十六年（1659年），姚启圣入了汉军的镶红旗。康熙二年（1663年），他就参加了八旗乡试，而且考了第一名！被授予广东香山知县。

什么叫八旗乡试呢？就是专门给八旗子弟开的科举。您听我们说书的时候，老说一句话，叫"汉不选妃，满不点元"。意思是说：清朝的时候有个规矩，汉人不能被选进后宫，满人不能参加科举。实际上这是假的，顺治爷入关之后，的确下令，要求满人不能参加科举。但在顺治八年（1651年），这规矩就破了，而且朝廷还专门为八旗子弟开了科举，叫八旗乡试。

八旗乡试跟普通的科举有什么区别呢？跟您说，八旗乡试的难度其实更高。普通科举，光考汉语。八旗乡试除了考汉语，还要考满语、蒙古语。到了康熙二十六年（1687年），皇帝下旨，要在考试科目里加上骑马、射箭，而且考生必须先过了骑射这关，才有资格参加后面的考试。

嘉庆二十一年（1816年）以前，八旗乡试都是在北京举行的。为什么我说姚启圣可能最北也就去过北京呢？就是因为这个。

他不但很有语言天赋，而且还考了个全国第一，您想，姚启圣这学问错得了吗？

书接前文，在赶来投靠康亲王之前，姚启圣已经赋闲在家了。

那位说："康熙二年他不就做了香山知县了吗？怎么？又辞职不干了？"

这回不是他想辞，是朝廷把他给撸下去了。为什么呢？因为姚启圣擅自开放了海禁。

关于大清朝的海禁，因为篇幅的原因，咱就不多做展开了，就说一个点。历来史家都说清朝奉行闭关锁国的政策，实际上这么说也不是很严谨。清朝政府对民间海上贸易管得并不是太严，只是不允许自由贸易，也不主动去跟外国通商。直到顺治十二年（1655 年）以后，为了防着台湾那边闹腾，朝廷才规定要"迁界禁海"。海边不让住人了，海上贸易也都给停了。

康熙亲政之后，沿海的州县对于"迁界禁海"的政策，执行得就不是很积极了。虽然表面上还是不允许，但各个州县私下都难免搞点儿小动作。老姚人缘次了点儿，别人偷偷干都没事儿，他干了之后就让人家弹劾了。

姚启圣一想，老这么下去可不行，早晚得让人家算计了。左思右想之下，他决定倾尽家财，报效国家。只要能为朝廷立下汗马功劳，以后谁再想动他，多少得费点儿劲儿。于是他找到了康亲王头上。

康亲王一看，行，老姚懂事儿。而且一查履历，老姚这履历很是精彩。该干的，不该干的，人家都干了。起码能力是有的，康亲王便把姚家爷俩收入帐下。

起初康亲王爷先给老姚派了一个诸暨知县，让他负责平定那里的土匪。老姚干得不错，不到一年，诸暨县就让他给归拢好了。试用期表现不错，王爷紧接着上表朝廷，又点了他一个道台。在这个职位上，老姚又干了一年，表现仍然不错。王爷这才让他跟着自己，去征讨耿精忠。

那位说："耿精忠这么难对付呢？"

我跟您说啊，康熙当了六十一年的皇上，净顾着打仗了。您就拿平定三藩之乱来说，别的不提，单说吴三桂这边，从康熙十二年（1673 年）正式开打，到康熙二十年（1681 年）朝廷攻破昆明，整整打了八年！

耿精忠比吴三桂倒是差点儿，可那也不好对付啊。康熙十三年他也跟着闹了，康亲王亲自带队，整整跟他周旋了三年，才稍微见了点儿起色。

这里面有个很有意思的事儿，台湾的郑经客观上帮了清廷一个大忙。郑经是大明朝延平王郑成功的儿子，他是反清的，但他也不喜欢耿精忠。趁着耿精忠跟大清玩儿命，郑经借机登陆，占了福建一大块地盘。两面夹击之下，耿精忠就开始走下坡路了，最后只能向朝廷投降。

他投降之后，朝廷论功行赏。这时候才封姚启圣做福建布政使。当上布政使之后，老姚在福建这儿就开始独当一面了。不过现在他管不了整个福建。咱们前面交代过，有一大块地盘已经让郑经的人给占了，姚启圣得想办法把那块地盘夺回来。人家郑经不可能就那么看着让你打啊，人家也有准备。也不知什么时候，人家从吴三桂那边拉过来一个外援。

要说这三藩里面，就数吴三桂最不好惹。他一看福建这边局势不好，赶紧派人去支援。敌人的敌人就是朋友。所以吴三桂决定帮台湾那边一把。

他派出来的援军可不是无能之辈。吴三桂手底下有一员大将，名叫韩大任，人送绰号"小淮阴侯"。就是"小韩信"的意思。都能跟韩信比了，那能耐差得了吗？

结果，小淮阴侯到了福建之后，愣是被姚启圣三言两语给招降了。

吴三桂千算万算没想到这一点。敢情韩大任不光能耐随韩信，性格也随韩信，没什么忠心，禁不住两句好话。《清史稿》没细写姚启圣是怎说降韩大任的，反正就是动动嘴的工夫，韩大任连同他带来的三千精兵，都被姚启圣打包带走了。

到了康熙十七年（1678年），姚启圣被封为福建总督。跟各位说一下啊，他能当上福建总督，不光是因为战功，还因为人家使了银子了。打仗那是要花钱的，买战马、添粮草、修造兵器，据说前前后后姚启圣自己往里搭了五万两银子。

天底下没有花钱的不是！康熙皇帝一看这表现太好了，给个总督吧！要不姚启圣一个汉人，虽然说在旗，但也不可能升得这么快。

再往后，就是平定台湾。但这一部分呢，这里就不细讲了，咱们只说说姚启圣的结局。

台湾平定是在康熙二十二年（1683年）。就在康熙二十年（1681年），老姚又被弹劾了。

弹劾他的人叫徐元文，官拜左都御史。

徐元文以敢言直谏著称。三藩被平定之前，他就主张朝廷应该先颁布一些政策，免除一些苛捐杂税，给老百姓们喘口气，这样百姓才能支持朝廷。等三藩被平定之后，有些大臣就建议给皇上歌功颂德，办几场大型的礼仪活动。徐元文坚决反对。他认为当前的重点应该是恢复国力，办那些没用的玩意儿只能是劳民伤财。您要是从这个角度看，这位徐大人绝对配得上"人间清醒"这四个字，属实是个好官。

老徐经过多方调查，上表弹劾姚启圣的七大罪状。什么挪用公款、豢养歌姬、嫉贤妒能、抢男霸女，反正要按他说的，姚启圣活着就是对社会的危害。

康熙怎么处理的呢？把这篇弹劾他的奏折，原封不动地发给了姚启圣，让他自己答辩。姚启圣是干吗的？能怕这个？马上也写了一篇奏折，把告自己的罪名一一都给驳了。末了，他提了一句："我不干了，您另找人吧。"

康熙接到他这篇奏折之后，又发下去给其他大臣看了，然后就没下文了。

您就不得不佩服康熙皇帝，管理下属是真有一套。

那么姚启圣是不是真做了人家说的那些事儿呢？要是看他写的答辩奏折，就知道他确实是被诬告了。

有意思的是什么呢？康熙二十二年，台湾平定的当年，姚启圣旧伤复发而死，结束了自己辉煌又传奇的一生。死后，人们发现，姚启圣在给朝廷报账的时候，虚报过四万七千两银子。

银子哪儿去了？谁也不知道。最后康熙感念他的功劳，没让朝廷追缴，死后给他留了个全脸。

不过，作为历史的旁观者，咱在这儿有一说一，到了康熙晚年，大清官场的贪腐之风已经是屡禁不止了，史料记载，大学士明珠贪污了大量白银，我估计得有当时清政府半年的收入！

那位说了，咱不跟坏人比，那咱拿比姚启圣稍晚一些的郑板桥来说吧。郑板桥是公认的忠臣，两袖清风，一身正气！"衙斋卧听萧萧竹，疑是民间疾苦声。"您说说，这个人心多善！但上级领导来视察工作，郑板桥一样得张罗礼物。有几个人能"出淤泥而不染"？你想"不染"就"不染"？别人允许你"不染"吗？

要说姚启圣这一辈子，真可谓是波澜壮阔。一生起落多次，也没有挫掉他的锐气和热情。后人对姚启圣的评价比较两极化，有说他文武全才的，有说他恃才傲物的，有夸他率性洒脱的，有骂他肆意妄为的。很多人都不喜欢姚启圣自高自大、目空一切的傲娇性格，可姚启圣确实为国家和民族立下了赫赫战功，收复台湾更是劳苦功高。

要我说，性格缺陷归性格缺陷，我们今天看姚启圣，还是要承认他为国家做的贡献。人性本来就是复杂多面的，咱们评价一个人的时候，还是得尽量理性、客观。

我有一回看曾国藩家书，在他写给弟弟曾国荃的信里，有一首诗很有意思：

> 左列钟铭右谤书，人间随处有乘除。
>
> 低头一拜屠羊说，万事浮云过太虚。

什么意思？意思是位高权重之人总是毁誉参半，有多少铭刻你功勋的钟鼎，就有多少诽谤你的状子。人生之路变幻莫测，风险和幸运此起彼伏，就像算数里的加减乘除，没有定数。

那位问了，"屠羊说"是什么呢？

这是曾国藩用了《庄子》里面的一个典故。楚国有一个屠夫，名字叫"说"，人们就管他叫"屠羊说"。楚昭王战败，逃亡到随国，屠羊说一路相随，提供了很多帮助。后来昭王复国，要赏赐屠羊说，但他什么都不肯要，只说："你把我之前的羊肉铺子还给我就行。"曾国藩这句诗的意思就是，不要把功名富贵看得过重，就算国君赏赐你，也不要太自以为是。人间万事，就像那天上的浮云，纵有天大的荣华、地大的富贵，最后也只能是烟消云散。

这是一种格局很大的人生态度了，值得咱们学习。要我说，姚启圣一生桀骜不驯，听过的赞美和批评都太多太多了。以他大开大合的性格，应该也不会把别人对他的评价太当回事儿。归根到底，咱们过日子，不是过给别人看的。

16

队友：狭路相逢勇者胜，
尿货不行

画虎画皮难画骨

知人知面不知心

今天咱们讲个历史人物，咱先不说这人是谁。咱给大家破个谜儿，我说几个情节，您猜猜。

首先，这人是个男的，而且长得十分威武，虽说脸上有道刀疤，但这道疤非但没有影响颜值，反倒更增添了几分男子汉的气概。

这人起先是个糊涂车子，让手底下人把自己耍得团团转。后来上司来了，他在上司面前还逞能，还差点儿杀死一位朝廷命官，最后还是他顶撞过的那位上司把他给救了，他这才幡然悔悟，最终跟上司成为生死之交。

您要实在想不起来，我就再给您提个醒。有个很有名的电视剧，叫《神探狄仁杰》。这回您想起来了吧？

没错，这人就是传说中那位豪气干云、帮理又帮亲的右威卫大将军王孝杰。

《神探狄仁杰》在很多人心里都是国剧经典，喜欢它的人特别多。现在看古装剧，打开弹幕，能看见一大堆野生历史学家在那儿玩儿"大家来找碴儿"，唯独这部剧例外。虽然弹幕上也能看见一大堆吐槽，什么"唐朝也有打火机"，什么"李元芳的刀到底藏哪儿了"，还有什么"曾泰会捧哏"，弄得我老以为这是个相声剧。但是，咱们有一说一，这些吐槽要是放别的剧里，难免会伤到剧集的口碑，唯独放在这部剧里，不但没给作品减分，反而平添了不少追剧的乐趣。

为什么呢？我细研究了一下，原因有二：一是人家这个剧本虽然有虚构的成分，但这些细节无伤大雅，都在正常的逻辑范围内。二是人家这部剧里的角色、剧情都非常出色，是一部优秀的影视剧，即使有一些小的瑕疵，观众也能原谅，觉得那些不过是小节。

确实，这部剧里的角色塑造得相当丰满。吕中老师饰演的武则天，大家都说是最标准的武则天。梁冠华老师扮演的狄仁杰，那就更不用说了！"胖老头""老狐狸"都快成他本人的标签了。还有就是我们张子健老师饰演的李元芳，更是成为一代人心目中的偶像。

不光是主演，配角也都个个深入人心。尤其是须乾老师演的曾泰，人气很旺，曾泰又忠厚又腹黑还又会顺情说好话，被誉为剧中情商最高的角色。

还有一个角色也很经典，就是严燕生老师演的王孝杰了。网友对王孝杰很是关注，在弹幕上给人家取外号，非管人家叫"王小姐"。为什么大家都愿意看王孝杰呢？因为这人很有意思，他的性格中既有桀骜不驯、刚愎自用的一面，又有重情重义、知错能改的一面，有时候还傻得可爱。尤其是他怒撑南平郡王武攸德那场戏，大伙儿全都喊解气，都说"这个老杂毛就得王小姐来治"。您看，还管人家叫"王小姐"呢！

王孝杰这个人正式出场，是在这部剧的第二部。故事发生在武周时期，当时武周朝跟契丹部落在东硖石谷打过一仗，这是历史上真实发生过的。当然，电视剧里有很多虚构的成分。我记得剧里说，有个叫蛇灵的组织，暗中勾结突厥的好战贵族跟契丹首领李尽忠，暗算了武周的军队，致使营州都督赵文翙全军覆没，右威卫大将军王孝杰也惨败而回。蛇灵组织这么做的目的，就是想挑起武周跟突厥的全面战争。最后狄阁老出面，把这件事儿查了个水落石出，奸细全都被处决。李元芳杀了突厥的好战太子默啜，王孝杰被救回，蛇灵在边境的阴谋全都破灭。狄阁老自己呢？还收了个"侄女"，叫狄如燕。

然而，历史上真实的东硖石谷之战可是一场极其惨烈的大战，人物关系也与剧情里说的大不相同。今天，老郭就给大家讲讲真实的东硖石谷之战。

说这事儿之前，咱们先做两个简单的背景介绍。

第一个跟狄阁老有关系。电视剧里面提到过，狄阁老在处理这桩案子的时候，公开的身份是大元帅。

那位问了，狄阁老是文官，还能拜帅吗？

史书记载，狄阁老确实当过元帅。不过那是在东硖石谷战役之后了。对手也不是契丹，而是突厥。

值得一说的是，这次狄大帅出征其实是扑了个空。人家突厥人一听狄仁杰挂帅出征，当时就把东西一卷，跑回大漠了。

那位说，狄阁老那么厉害呢？对手听见他的名字就跑了？

嗐！这不新鲜，您往下看，后面还有更厉害的呢。

狄阁老这事儿交代完了，咱们再说说另一个知识点。

唐朝施行的府兵制，简单地说，意思就是国家养的职业军人并不多，大多数都是兼职。打仗的时候，让这帮人上战场；不打仗的时候，他们就是老百姓。但是平时也不能让这帮人都去种地，得给国家留点儿常备力量。

这就不得不说电视剧里面出现的那个千牛卫了。

大唐中央的军事力量，主要包括"北衙六军"跟"南衙十六卫"。"北衙六军"是直属皇帝的禁军。"南衙十六卫"比较复杂，大概分两部分。其中十二个卫是总预备队，留着给朝廷干急活儿的。万一要打仗了，现码人来不及，这十二个部队就得抄家伙上。

在我看来，剩下那四个卫里面，左右监门卫是给皇上看家用的，主要是负责治安。还有就是左右千牛卫，那是给皇上留着壮门面的。你说他是仪仗队，也没什么错。反正要我说，千牛卫里面的人，要么就能耐特别大，要么就是背景特别硬，要么就是颜值特别高。反正你不能找一帮岳云鹏这样的去千牛卫上班，给皇上丢人现眼。

为什么要说这个呢？因为电视剧里面说王孝杰是右威卫大将军。实际上，我得跟您解释解释，所谓这"十二卫"的大将军啊，差不多都是虚衔，给人当奖励用的。

您想，皇上不能真找一帮猛将，一人带一支队伍驻扎在自己身边，除非皇上存心不想干了。而且我查了史料，王孝杰被封过右鹰扬卫将军和左卫大将军，但没有找到史料证明他当过右威卫大将军。而且他常年在外作战，右威卫主力却不可能长期在外边待着。所以我觉得他手底下的人肯定主要是府兵，不是右威卫的人马。

介绍完知识点，咱们该说正事儿了。我记得电视剧里面说，东硖石谷之战的起因，主要是已经投降了武周的契丹首领李尽忠突然造反。驻守在崇州的王孝杰就跟营州都督赵文翙商量，要给李尽忠来个两面夹击，王孝杰带着人从正面进攻，赵文翙借道突厥绕到契丹背后动手。结果赵文翙迷了路，让人家伏击了，最后两路人马都惨败而归，赵文翙更是让人家杀成了光杆司令。

真实历史跟这个出入挺大，首先说东硖石谷这仗开打的时候，李尽忠早就死了，不过他死前确实是造过反。

李尽忠这一脉早在唐太宗年间就归降大唐了。原本他们不姓李，史书记载，他们这一支叫大贺氏，后来被赐李姓。高宗时期，这拨儿人就造过一回反，但是没成功。造反的头子被杀，这拨儿势力也被一分为二，一拨儿给了李尽忠，另一拨儿给了李尽忠的兄弟李枯草离。

本来这哥俩都挺稳当的，安心治理自己的部落，从没想过要造反。坏事儿就坏在那个赵文翙身上了。如果要给他下一个四个字的评语，那就是——躺不是东西！

那位问了，怎么还多出一个字？

不加个"躺"字显不出他这人的人品有多次。

营州地处现在的辽宁，赵文翙在这里做官，主要负责管理契丹这些部落。可他这人优越感很强，根本不拿这些边地百姓当人看，对契丹人更是呼来喝去，简直就跟对待奴隶没什么两样。

公元696年，契丹那边闹饥荒，赵文翙作壁上观，不但拒绝赈济灾民，还对人家不断地进行侮辱。这下李尽忠可受不了了："我们是投降过来的。可我们也是大唐子民啊！你就这么对我们？！既然你不仁，休怪我不义！"于是李尽忠果断带兵反叛，攻下营州，杀了赵文翙，然后自立为无上可汗，正式跟武周分庭抗礼。

武则天闻报大怒，派出手下二十八名将官，带兵前去征讨。同时她还下诏给人家那俩人改了个名字，把李尽忠改成李尽灭，把孙万荣改成孙万斩。

武则天给人家改名，为的是给自己解恨。可是干过嘴瘾，也不解决问题啊！想把问题解决了，主要还得看仗打得怎么样。按道理说，武则天这边人手充足，二十八位将官一起上阵，应该跟玩儿一样轻松。谁想到这二十八位将官带着人往上一冲，输得这个惨啊！几乎全军覆没！

武则天一时间恼羞成怒！心里说：我就不信了，老娘还治不了你？紧接着她又派出了自己的侄子建安郡王武攸宜带兵去平叛。

值得说一嘴的是，给武攸宜当管记的是一位有名的高人。此人姓陈，叫陈子昂，就是写"前不见古人，后不见来者。念天地之悠悠，独怆然而涕下"的那位。

也不知道是武攸宜会打仗，还是陈子昂谋划得好，还真就把李尽忠向外扩展的势头给挡住了！就在他们想要再进一步拿下李尽忠的时候，人家李尽忠根本就不给他们机会，自己死了！当年的十月，李尽忠重病而亡，死前把位子传给了孙万荣。

孙万荣能耐也不小，带着手下人跟武周的部队对峙，谁也占不了谁的便宜。

就在这时，来了一帮捣乱的。

那位说，这事儿还有敢捣乱的？

对，你得分人。这乱别人捣不了，只有一个人可以。

猜出是谁了吗？有人问了，狄仁杰吧？

负责任地说，他确实有捣乱的能力，但他毕竟是朝廷命官，政治立场不允许他捣乱。

那是王孝杰吗？

这您还得再等等，他且得等会儿才能出来呢。

那究竟是谁呢？

不卖关子了，这人叫默啜，就是电视剧里面提到的那个突厥太子。

历史上真实的默啜据说脾气可是十分随和。武周跟契丹玩儿命的节骨眼上，为了在武则天面前表现表现，默啜派兵在契丹屁股后面点了把火，把李尽忠跟孙万荣的家小全都掳走了。要说孙万荣还真是个狠角色，在这样的打击之下，他斗志不减，仍然四处征战，弄得武周朝人心惶惶。武则天一看，不给你甩王炸，你也是老实不了！于是征调王孝杰，让王孝杰带领数万大军征讨孙万荣。

王孝杰从小就当兵，他也不是贵族子弟，就是靠着杀敌建功，是从底层一步步爬上来的武将。他主要负责在西边作战，对手是吐蕃人。

历史上记载过这么一件事儿，看了让人感觉十分匪夷所思。

公元677年，朝廷任命工部尚书刘审礼为行军大总管，王孝杰为副总管，命他们征讨吐蕃。结果出师不利，让吐蕃人打得满地找牙。领兵的这大头、二头全让人家俘虏了。刘审礼被俘的时候已经身受重伤，没治过来，死人家那儿了。王孝杰呢？就被押到人家的赞普那儿了，赞普就是人家那儿的皇上。

吐蕃这一代赞普名叫赤都松赞，是松赞干布的重孙子。他一见着王孝杰就愣了，围着他来回转圈。

王孝杰也纳闷儿："你跑这儿买牲口来了是吗？怎么还转着圈地瞧啊。"

不一会儿，赤都松赞说话了："张开嘴我瞧瞧。"

没跑儿了，这就是买牲口呢！王孝杰刚要骂街。赤都松赞也反应过来了，赶紧改口："您说句话，我听听。"

王孝杰不知道他要干什么，就说了句："要杀要剐，悉听尊便。"

他这一开口，赤都松赞长出了一口气，随后说出一句话来，把王孝杰彻底搞蒙了。

"您长得真像我爸爸。"

王孝杰一听："哎！你怎么占我便宜啊？"

赤都松赞气坏了："我没给你玩儿伦理哏！王将军相貌威严，与我生父颇有几分相似。我知道将军你是忠义之士，跟我又有这么一点儿缘分。今日本王不难为你。来人，给王将军松绑，送他回国。"

就这样，王孝杰被送回了大唐。

当然了，这也仅是王孝杰人生中的一个插曲。他回国之后，朝廷没有对他起疑，也没追究他兵败的过错，仍然像以前那样重用他。在接下来的十几年里，他屡建奇功，几乎没有败绩。对于武则天来说，王孝杰就是她军事力量上的底牌。如果不是契丹太能折腾，老太太也不至于把这张底牌打出来。可她万万没想到的是，王孝杰这次出征，竟然落了个有去无回。

跟王孝杰一块儿出征的，有一位副统帅，名叫苏宏晖。《神探狄仁杰》里面也有这人。出场的时候，他是王孝杰的副将，但他还有一个身份，是蛇灵安排在王孝杰身边的卧底，最后被王孝杰一刀砍死了。

历史上苏宏晖虽然不是奸细，但他办的事儿还不如奸细。大军开到了今天河北唐山一带时，在东硖石谷遭遇了孙万荣的契丹主力。

听名字您就明白，既然被称为石谷，路就肯定挺窄。在窄路上打仗，你有多少人都摆不开，所以王孝杰随机应变，调整了部署。他自己带上前锋力量，从山谷里面打出去，在山谷另一面摆开阵势。

苏宏晖这边呢？他负责率领主力部队，等王孝杰杀出去之后，再跟进汇合，然后跟契丹决一死战。

要说王孝杰算计得不错，要真按他的战术打，胜算得有八成。可坏事儿就坏在那苏宏晖身上了！他看契丹人多，自己在地理上又不占便宜，居然就带着人跑了！剩下王孝杰孤军奋战，被打得溃不成军不说，兵败的王孝杰被逼上悬崖，最终跳崖而死。一代将星，就此陨落！

"狭路相逢勇者胜"，孬货不行。就因为带着一个孬货，王孝杰殉国了。武则天听说之后，差点儿没心疼死，即刻下旨追封王孝杰为耿国公。这还不算完，她又派使者到前线，打算斩杀苏宏晖以儆效尤。没想到苏宏晖这边大概也知道事儿闹大了，赶紧采取补救措施。王孝杰死了以后，他又将功补过，武则天这才免了苏宏晖一死。这事儿发生在神功元年（697 年）的三月。

过了几个月，默啜带兵又打过来了，再一次掏了契丹的后路。消息传到前线，孙万荣的部队军心涣散，不得已收兵撤退。结果在撤退途中，孙万荣的家奴看他已经没有指望了，便将孙万荣杀了，向武周投降。这场战争才算正式落下帷幕。

虽然战争结束了，但王孝杰却再也不能复生。可怜他一辈子出生入死，为大唐和武周立下了汗马功劳，最后却死于无能之辈的懦弱！所以说，我们选择队友的时候，务必要谨慎！一个无能的队友，往往就是木桶最短的那块板，就是害群的马，就是丧门的星啊！

17

贵己：人心是无底洞

量大福亦大

机深祸亦深

中学课本里面有不少先秦诸子百家的文章，您要是读过，多半会有这么一种感觉：先秦的这帮思想家啊，嘴都忒厉害！连吐槽带抖包袱，能把人噎得一句话都说不出来！

最有名的就是庄子跟惠子俩人抬杠。俩人一起出去旅游，看见一条鱼，一个说："子非鱼，安知鱼之乐？"另一个马上就说："子非我，安知我不知鱼之乐？"

您想啊，能一起出去玩儿的，那应该是关系很不错了，结果因为一条鱼，俩人争执起来了。也不知道他们这关系是真好还是假好。

当然了，先秦诸子见了面也不都是唇枪舌剑你来我往的，也有见了面和和气气的，也有见了面半天沉默不语的，更有一见面就给人家跪下了的。

新鲜吧？咱先给您讲一个一见面就跪下的。

今天的河南开封府，在春秋战国时期叫作"大梁"。大梁当地有个旅店，很受当时旅客的青睐。住店的、吃饭的，在这儿来来往往、络绎不绝，总之是非常有名。

这天店里来了个老头。好家伙，这老头，那是真正的老头。

那位问了，怎么老头还有假的吗？

嘻，古人跟现代人不一样，古人三十岁就可能见着隔辈人。苏东坡写"老夫聊发少年狂"的时候，才差不多四十岁，比我现在还小呢。但咱们今天说的这个老头，岁数是真大，俩四十都不止！进店的时候，老板都不敢直接请进来。

那位说，这不是年龄歧视吗？

不是的。在古代，法律不健全，孤苦伶仃的一个老人，身边没有儿女陪着，一般店家都不敢让住。说句不好听的，万一出点儿事儿呢？

店家正要问两句话，就看老者身后还跟着一位。一看见这人，老板的表情瞬间就严肃了。

也不光是他。咱前面写了，客栈里面人很多。尤其到了饭点，那就算乱了营了：喝酒吃饭、猜拳行令、谈天说地、胡吹乱侃，比下午五点半的菜市场还热闹。可是众人一看见老者身后这位，瞬间就安静了，菜市场改成殡仪馆了。

那位说，这是谁啊？

在说这位的名字前，我先说一个动漫作品，不知道大伙儿知道不知道，叫《一人之下》。这部作品里有个很奇特的组织，叫"全性"。

全性有个著名的理论叫"拔一毛而利天下，不为也"。意思是如果让你拔根头发，大伙儿全都有好处，你干不干？人家"全性"说了："不干。"

一毛不拔！

那最早提出"一毛不拔"这个理念的人是谁呢？就是这个一出场就把所有人都震住了的男人。

此人名叫杨朱，字子居。有人说他是魏国人，也有人说他是秦国人。这人在当年很有名望，出来进去做派也很足，属于那种一出来就恨不得把"我有势力"四个字写脸上的那类人。

杨朱不是第一天住这店里，来了有几天了。自打他一来，这店里的人就倍儿紧张。他吃饭的时候，老板亲自给他铺好了坐垫，老板娘亲自拿扇子给他轰苍蝇。吃饭的一看见他，全都主动把好位置让给他。甚至他都吃上了，门外面进来一个新客人吃饭，也得先过来问候问候他，才敢坐下点菜。

这个人就这么大势派。

所有人都看杨朱，杨朱却盯着前面那位老者看。老者环视四周，立马就明白是怎么个情况了，鼻子里就微微地"哼"了一声。

这一声可了不得了，就见杨朱"唰"的一下，脑门就见汗了！两条腿也不自觉地就软了一下。

这些细节，别人没注意，老板看得明白。老板心里说：这老爷子是谁啊？别再是神仙下凡吧？杨朱在我们这儿就跟活祖宗似的，这位别再是祖宗尖儿吧？

还真让他想对了。这老爷子还真是个祖宗尖儿。

但见杨朱，低眉顺眼地站在老者后面，一步也不敢上前。看老者要往里走了，他这才抢先一步走到前面，给老者引路。等把老者让到自己那屋之后，杨朱又出来亲自打洗脸水，拿手巾，最后把鞋脱在外边，一步一步爬着进了自己那屋。

店里人全傻了，真有那没吃完饭就赶紧结账走人的："这地方没法待！不定谁来了呢！"

那位说，这老爷子究竟是谁啊？

一提姓名，您就明白了。此人姓老，名聃，江湖人称"老子"的，就是他老人家。

那位说，老子怎么上这儿来了？

嗐，也没什么，就是个死约会。这爷俩早就认识，杨朱对老子一直是"以师视之"，拿老子当老师。老子呢，也挺喜欢他，拿他当学生。

老子教过很多人。孔子也向老子讨教过学问，但老子对孔子始终客客气气的，对杨朱就不一样了。看着杨朱哪儿不对，张嘴就训，不带含糊的。所以从感情上讲，这爷俩还真像师徒一样。

　　早先啊，杨朱要去南方一趟。老子呢，要往西走。爷俩通过书信之后，就想在半道上见一面。本来约好了就是在大梁郊外见一面。结果杨朱走得慢，老子走得快。等碰上的时候，老子已经进了大梁城了。

　　一见面老子就发现不对劲儿。为什么呢？他就看见杨朱一路过来这神态：撇唇咧嘴，目中无人，那个劲头实在讨厌，所以张嘴就说了："我以为你是个可造之才，没想到……唉！"

　　老子话说了一半，后一半就咽到肚子里了。为什么呢？路上人多，怎么着都得给孩子留点儿面子。但从这儿开始，一直到客栈里，老子一句话都没说。

　　这回屋里就剩他们爷俩了。杨朱赶紧请罪："老师，别生气。路上我就想跟您请罪，您照顾孩儿我的面子，一直不说话。现在就咱爷俩，您有什么话就说吧。"

　　老子这才开口说话："你还觍着脸问我？你看你刚才那样子！目中无人了是吧？是，我承认你这孩子灵性极佳，聪明伶俐，那你就能瞧不起别人了？白到底了就是黑！德行到头了就是缺德！"

　　杨朱瞬间就明白老师的意思了，马上就表示要改正。第二天，把老师送走，杨朱回到客栈，立刻就把架子放下，一会儿跟老板聊聊天，一会儿跟邻座的换个菜，一会儿掏钱请大伙儿喝个酒。没用多少时候，就跟所有人打成一片了。以后再吃饭，就开始有人跟他抢座了。

　　这是《庄子》里面记载的一个故事。虽然细枝末节的内容没有详细的记载，但从里面可以看出来，杨朱这人应该是一个挺随性的人。但是儒家的孟子却评价他"禽兽不如"。这也难怪，拔一根头发，全天下都能获利，你偏偏不干，旁人肯定说不出什么好听的来。

　　而且杨朱还提出了一个叫"贵己"的学说。别人都是"先人后己"，他主张人得先拿自己当回事儿。乍一听，好像这人是有点儿自私自利。

　　那他为什么要提出这些主张呢？

您要是读过《孟子》，就会发现这老头说话忒不会拐弯，总是直来直去的。但他也承认既定现实，你别看他骂杨朱，他同时也肯定了杨朱学说在当时的影响。他认为在他那个时代，人们不是尊崇墨家就是尊崇杨朱。这一方面是因为两家都有影响力，还有一点，就是这两家的学说有根本性的冲突。

咱都知道墨子主张"兼爱"，也就是要爱所有人，不分彼此。但是杨朱是主张"贵己"的，自己合适就行。这确实是针尖对麦芒一般，这两家能不辩论吗？一说这个就得感谢咱们的老祖宗，还真就记录下来了这么一场辩论赛。

对阵双方全是各自的主力。墨家这边派的是墨子的大弟子，叫禽子。全名叫禽滑釐。杨家这边呢？是杨朱亲自上场。

咱事先声明啊，咱们为了方便大家理解，说他们打了一场辩论赛，但历史上这场论战是真的发生过，而且双方都做了准备，不可能说跟咱们今天约架似的：

"走啊！咱整两句？"

"整两句就整两句！怕你怎么着？"

"那我先说。"

"不行，我先说。"

"红先黑后，我先说。"

"那你来。"

"走，师长——"

……

下上棋了。

肯定不能这样。

据我想，这应该是墨子死了以后，作为大徒弟的禽子，想给师父露露脸，挑战一下前辈高人。当然，人家也许就是单纯想长长学问，过来交流交流。

不管怎么说，禽子跟杨朱就见了面了。

一见面，二人分宾主落座。禽子开门见山，张嘴就问："杨老，如果要让您拔根头发来帮助天下人，您干吗？"

你再看杨朱，眼皮都不带睁的，回了一句："哎呀！拔一根头发管不了那么大用吧？"

"咱就是打个比方。假设您拔根头发，能把天下人都救了，您干不干？"

再看杨朱，不接这话茬儿，人家改聊别的了。

禽子不懂啊。他还没狂到能认为自己把杨朱给问住了的地步。相反，他觉得杨朱已经产生了一种"好鞋不踩臭狗屎"的态度。

"难道说，我刚张嘴就露怯了？"禽子心里很不是滋味，跟杨朱又对付了几句，就出去了。

出来之后，禽子这心里怎么琢磨怎么不是滋味："这叫什么事儿啊？讲课不算讲课，辩论不算辩论。我这儿紧着问，他那儿不理不睬。嫌弃我辈分低？不行，我得找人把话说明白了。不过找谁呢？"

他打眼这么一看，行了！来了同级别的了。

谁呢？杨朱的徒弟，叫孟孙阳。

孟孙是姓，跟公孙、长孙、叔孙、季孙都一样，是复姓。禽子一见着孟孙阳，就把刚才在里屋跟杨朱说话的场景一五一十地复述了一遍。孟孙阳一听："嘻！你是没懂我们先生的意思！我给你说说吧。我问你，我在你胳膊上拉个口子，回头我给你一万两黄金，你干吗？"

禽子说："我干啊。"

"那我砍你一条胳膊，然后给你一个国家，你还干吗？"

禽子不说话了。

孟孙阳这时候说的这句话才噎人呢，他说："你那一根头发比皮肤还轻呢！"

下半截话就是："能管什么用啊？"

人家墨家问的是"人是不是应该有点儿奉献精神"，可杨家人回答的都是"我奉献完了能换来什么"，话里话外都是要好处。

拿利益衡量道德是不是境界就低了，咱姑且不论，先说说人家杨朱到底是什么意思。

杨朱认为：人心是无底洞，拿自己去填，根本填不满。你只能优先顾及自己，人人把自己都先照顾好了，社会就和谐了。这才是"损一毫利天下，不与也"的真谛。

人人都为自己，互相有冲突了怎么办？

人家杨朱后面还有一句话，叫"悉天下奉一身，不取也"。意思就是把天下的财物都拿来奉养自身，这样的事情也不去做。

总结起来，杨朱的核心理念其实可以概括为八个字，"不拔一毛，不取一毫"。孟子批判人家是禽兽，其实就是因为看人家前半句话不顺眼。所以说，孟子这老头啊，有时候说话忒冲动。

史料对杨朱的记载很杂，从一些零星记载上看，杨朱还是个说话挺有趣的人。《韩非子》里面有一个故事，说杨朱有个兄弟，叫杨布。有一回这哥俩一起出门。走的时候呢，天气热，杨布就穿了一件"素衣"，简单地说就是白衣服。结果那天正赶上下雨，往回走的时候呢，他兄弟就换上了一件"缁衣"，就是黑色的衣服。另外这"缁衣"也有制服的意思。大家都看过《武林外传》吧？里面姜超老师扮演的李大嘴，当县里的捕头时穿的那个"缁衣"就是指制服。

杨家家里养了一条大白狗，也不知道是什么品种，但是我觉得性格有点儿像哈士奇。老远见着杨布回来了，"噌"一下就扑过来了，对着他就"汪汪汪"一顿叫。杨布气坏了，心里说：喂了这么长时间，愣是喂不熟你！扭头对着狗骂："你给我起开！听见没有？起开！"

他越在这儿喊，这狗叫得越厉害。他越喊，狗叫得越厉害，最后都分辨不出谁是谁的声了。到底这边是俩人，狗没敢再上前冲。您记住，一般人和狗狭路相逢了，大多数情况下都是人耗不住了，因为咱跟狗对峙一天也不露脸啊！

盛怒之下，杨布就蹲下了，而且后脚蹬地，作势要往前扑。

杨朱在旁边一看，赶紧就给拦下了："兄弟！咱别跟狗一般见识啊！"

"哥！你拦我干吗？"

"拦你干吗？我要不拦着你，你真蹿出去了，你成什么了？你成什么不要紧，连带着我都没法做人了。"

杨布这才反应过来，赶紧站起来。但这口恶气不出，心里还是恨啊！杨布喘着粗气问他哥："你说这狗怎么喂不熟啊？"

杨朱一笑："怨你。"

"怎么还怨我呢？"

"谁让你把衣服给换了呢？"

"哦，换了衣服它就不认识人了？"

"多新鲜啊。现在这狗是白的，一会儿跑回来变黑的了，你能不奇怪吗？"

哥俩当街使了块活儿。

刘备说过："勿以善小而不为，勿以恶小而为之。"其实这句话就是"不拔一毛，不取一毫"的升级版，它要表达的核心还是劝人向善，让人学好。

大家注意啊，转述别人意见的时候，一定要转述完整。人家杨朱的原话是："损一毫利天下，不与也；悉天下奉一身，不取也。人人不损一毫，人人不利天下，天下治矣。"您可不能只听进去前半句，就学会个"一毛不拔"，那可就是断章取义，南辕北辙了！

18

志大才疏：先说海，后说山，说完大塔说旗杆

开口说大义

临大难必变节

前两天，有个朋友说了一句话，让我有些感慨。

朋友说："捧哏简单，就靠一张嘴，但是同一个包袱，我说，人家就不乐，让于谦老师一抖，人家就乐。"

是这个道理，我在台上也说过好多回了，相声这东西，看着简单，真想说好，不是那么容易。老有人不服："不就是相声嘛，有嘴就能说！我要上台说相声去，我也不比德云社的人差。"

这就没办法了。现如今各行各业，这路人都不少。这就叫"志大才疏"啊！您身边要是有这路人，那简直倒霉透顶，天天光听这位吹，就能活活把人烦死，成天说自己多么有能耐，恨天无把，恨地无环。"那地球的球长，怎么就不选我呢？"说些诸如此类的话。可只要一干具体工作，这位马上就现原形。

其实呢，就算咱们身边有这种人，您也别奇怪。这种人也不是打今天才有的。历史上这路货也不少。比如说，"失街亭"的马谡，不就是典型的"志大才疏"的例子吗？

《三国演义》里写过这么一件事儿，说刘备去世前，在白帝城托孤，马谡正好在旁边守着呢。刘备就跟诸葛亮说："丞相，您看马谡这人怎么样？"

诸葛亮说："幼常（马谡的字）可是个人才呀。"

刘备说："我不这样看，我看这个人'言过其实，不可大用'。"

刘备的意思是：马谡这人啊，老爱吹牛。按今天话说，动不动就搞"宏大叙事"，成天指点江山，是人就不如他。这种人差不多都是金玉其外，败絮其中。

果不其然，刘备说准了，后来诸葛亮让马谡镇守街亭，那不就糟糕了吗？

现如今这种人也不少啊，动不动就给您分析一通，什么国际政治、国内形势、政治经济、体育卫生……天上地下，就没这位不知道的。跟您爆侃俩钟头，临了一结账："得，您家这二百斤煤球就算摇完了啊，我得赶下一家去了。"

当然了，马谡非得在山上扎营，这是小说里的说法。历史上的马谡其实跟小说中的不太一样，《三国演义》是把马谡按照反面典型那个路数去塑造的。

那真实历史上，有没有这种人呢？

有啊，而且还不少。咱随便就能举出几个来。

您比如说，汉末时期有个人叫孔融，您肯定知道"融四岁，能让梨"。可是孔融长大以后做了什么事儿，您也许就不太清楚了。

孔融是孔子的第二十世孙，《后汉书》评价他："融负其高气，志在靖难，而才疏意广，迄无成功。"

什么意思呢？就是说孔融这人心气挺高，最终因抱负过大，没有成功。董卓进京以后，把孔融发到了北海，就是今天山东潍坊这一带，当了"北海相"。当时天下大乱，孔融就琢磨上了：我是谁呀？孔门之后啊！拯救天下苍生，那得靠谁呀？靠外戚？靠军阀？靠宦官？都不成！说了归齐，那还得靠我们！

愿望是好的啊，可具体怎么执行呢？孔融想出来的招，您听着都觉得奇葩——办学校！

当时的中原是什么情况呢？黄巾军多得到处都是。办学校不是坏事儿，可它到底能有什么用？拿孔子的牌位能挡住黄巾军吗？这不成笑话了吗？可人家孔融不这么想，不但大力兴办学校，而且收容了很多流亡的知识分子。他这儿忙着大力办学的时候，黄巾军有个叫"管亥"的头领，带着大批黄巾军，就把孔融镇守的北海给围了。

这可怎么办？让知识分子们出去跟黄巾军比画比画吗？到头来，还是太史慈杀出重围，跑到"平原"去向刘备求助，刘备带着三千兵，赶来把孔融的围给解了。

按说吃过这么一次亏，孔大人应该吸取教训吧？完全没有！后来袁绍的儿子袁谭来打孔融，又把孔融的军队打得屁滚尿流。

人家都打到家门口了，你倒想想办法呀？不介！孔大人"隐几读书，谈笑自若"，装上大头蒜了！结果城一破，老哥自己先来了个落荒而逃，妻儿老小全让人家俘虏了，他管都不管！堂堂的孔门之后，弄得跟丧家之犬似的。

说到志大才疏，咱再说一个人。

这位是唐朝人，名叫房琯。他跟唐朝的一代名相房玄龄是远房亲戚，还跟杜甫是铁哥们。

按说他出身这么好，又见过世面，不至于太菜。可是呢，房琯的志向特别圆满、能力非常骨感。

唐肃宗刚即位的时候，北海太守贺兰进明来朝见皇上。皇上就问："爱卿，朕打算让房琯代理朝政，你看怎么样？"

贺兰进明一听，直嘬牙花子，犹豫半天说："您知道晋朝吧？乱不乱？"

"知道啊，乱啊！"

"那您知道晋朝因为什么乱的吗？"

皇上纳闷儿了："你有话直说吧，怎么乱的？"

贺兰进明说："因为晋朝'尚虚名'，干什么事儿都追求浮华，不切实际。任命王衍为宰相，让这种人主持朝政，什么也不会，就会空谈。咱们现在也一样，大唐刚刚中兴，应该用实实在在的人才。房琯这人，大言无当，成天不会别的，就知道满嘴跑火车！这种人，您最好是别用。"

贺兰进明说得对不对呢？还真对。

天宝十四年（755年），发生了著名的"安史之乱"。眼看着叛军打过来了，房琯挺兴奋，自告奋勇上表给皇帝，说："我去打吧！"

皇上一看，人家积极性挺高的，那就去吧！唐肃宗就封了他一堆官，让他指挥军队去跟叛军打仗。

双方在战场上一照面，房大人用的这战法，别说把叛军吓一跳，连唐军自己人都吓一跳。

怎么了呢？房大人准备了两千辆牛车。您听清楚了啊，是牛车，不是马车，号称是上古的"车战大法"，气势汹汹地冲着叛军就冲过去了。

您琢磨呀，车战，那是春秋战国时候的战法，这都唐朝了，谁还用车战啊？再者说了，您这车还是牛拉的。牛那速度您都见过，本来就慢，再"吭哧吭哧"拉一大车？那快得了吗？您看这战场上吧，就跟耪地似的，几千条牛呼哧带喘地就冲上来了。

叛军乐得合不上嘴，"投刍而火之"，开始放火，牛一见了火，腿直打哆嗦。结果唐军大败，当场死了四万多人，弄来的这些牛，全给人家叛军涮火锅了。

有人说了，这也不新鲜，房大人本来就不是武将，打败了也正常吧。

可是房大人当文官的时候，也没见有什么真能耐！当时，有个官员，这人在历史上还很有名，叫"第五琦"，"第五"是个复姓，比较少见。

第五琦这个人，应该说是非常有才干的，历史上对他评价也很高。他主要负责什么呢？敛财。

当时安史之乱闹得那么凶，朝廷穷的呀，兜比脸还干净！第五琦就负责给朝廷找钱。

怎么弄钱呢？加征赋税、搞食盐专卖、多铸钱。

确实弄来很多钱，可是埋下的隐患也挺大。房琯房大人一看，又心潮澎湃了，当下就给皇上上书，说第五琦这个人横征暴敛，比当年的杨国忠还厉害，皇上您刚即位，是不是应该施仁政啊？否则天下百姓怎么能安心呢？

唐肃宗一瞅房大人的奏章，火不打一处来！心说：上回打败仗那事儿，我还没跟你算账呢，还敢跑我这儿来指手画脚！

唐肃宗也不着急，把奏章往旁边一撂，慢慢悠悠地跟房琯说："我现在正调集部队呢，等着用钱。你说你讨厌第五琦？成啊，那你说，咱哪儿弄钱去？"

得，大馒头堵嘴，把房琯噎得没词了。

史官评价房琯这个人的时候，说得也很绝："喜宾客，高谈有余，而不切事。"就是说，房琯平常在家，老聚一帮哥们，高谈阔论，先说海，后说山，说完大塔说旗杆，但是呢，"不切事"。就是你一问他："您说的都对，那您说，这事儿咱应该怎么办呢？"他就没词了。

房大人就够二百五的了吧？还有不如他的。

咱再说一位，这位是宋朝的，叫徐禧。这位出身也不差，他是大文豪黄庭坚的姐夫。

徐禧做官的那个时代，正是宋神宗坐朝。宋神宗这人，您知道，就是王安石变法的老板啊！不过呢，宋神宗、王安石这一路人，都有一毛病，用今天的网络语言说，叫"头铁"。但是人家王安石头铁，人家有能耐呀！徐禧徐大人就不行了，虽然头铁，但志大才疏。

宋神宗这人啊，用天津话说，有点儿"愣"，性格比较冲动，老惦记着打西夏。当时，写《梦溪笔谈》的那位沈括，给皇上上书，说咱们要是打西夏的话，首先得花好些钱，其次也不见得能大赢。咱们就在西夏边境上修碉堡吧？越修越往里，层层推进，一点点挤对西夏，就说不是大胜利吧，也给西夏添点儿堵。

皇上觉得有理。

找谁办这事儿呢？皇上就挑上这位徐禧徐大人了。

徐禧一到边境，伸出手指头往地图上一戳："不是要修碉堡吗？就在这儿修！"

哪儿啊？大伙儿凑过来一看，这个地方叫永乐，是西夏的命脉所在。当时众人就反对了，说："徐大人哪，咱之所以要修碉堡，就是想慢慢蚕食，慢慢来。您这倒好，上来直接就把人家亲妈绑票了，这还不把人家逼急了啊？那还是步步推进吗？成大决战了呀！"

徐大人满肚子都是准主意，能听得进去吗？力排众议，到底在永乐这儿修了个碉堡。结果可想而知，西夏那边能不急吗？出动了二十万大军，来打这么一座小碉堡。

底下人马上给徐大人汇报。徐大人一听："胡扯！西夏的军队能来这么快？他们来了才好呢！正给了我立大功的机会！"

话虽如此，他行动上可是磨磨蹭蹭，十天以后，徐大人才到了前线。他手底下有员大将叫高永能，高永能劝徐大人："西夏军还在路上，还没结阵，这时候咱们趁机杀过去，差不多能赢！"

徐大人一摆手："那哪儿成啊？'王师不鼓不成列'，没听说过吗？编好队形，等我的号令！"

高永能一听，得，算我没说吧！

结果等西夏兵走到了，顺顺利利地结了阵。宋朝军队一看，城底下乌泱乌泱的都是人，高低有点儿害怕。大将曲珍说："士兵都害怕，咱干脆进城固守吧？"

徐禧一句话撑过去："你身为大将，敢不战就退？！"

曲珍心说：得，当我没说吧。

然后，西夏兵开始渡河。有人就跟徐禧说："您可留神啊，这是西夏的'铁鹞子'，厉害着哪！咱现在趁他们渡河，杀过去，给他们一个措手不及，要不可不好打！"

徐禧一听，大嘴一撇："哼！让他们来，我倒要见识见识！"

嗯，你不是让人家来吗？西夏人过了河，马上就冲过来了，把宋朝军队杀得大败。曲珍几个大将一看，说："得啦，别听这徐大人瞎白话了，都听我的，给我撤城里去！"宋朝军队"哗啦哗啦"地赶紧撤到了城里。

撤到城里也不行啊，城这么小，又没粮食，趁早突围才是上策，对吧？可徐大人多牛啊，不许大家突围，他跟大将们说："突围？这儿是战略要地，怎么能抛弃？！"

大将们都快哭了，你守得住，这叫战略要地；守不住，那还叫战略要地吗？那叫公共墓地！

但是，甭管大将们怎么劝，徐大人就是死抱着这座小城不撒手。到最后，城里的宋朝官兵交待了不说，徐大人自己也交待在这儿了。

《宋史》怎么评论这位徐大人呢？

"禧疏旷有胆略，好谈兵，每云西北可唾手取，恨将帅怯尔。"意思就是说，徐禧经常跟别人说，自己多懂军事，动不动就说："西北那地方我就是没去，我一去，唾手可得！不过就是这帮将帅呀，太胆怯了！"真让他去了，结果让宋朝吃了一个大败仗。

不过呢，也有一些人，虽然被史官贴上了"志大才疏"的标签，但您要真是细品起来，人家也有人家的苦衷。

您比如说，西晋的时候，有一位刘琨。历史上好多人批评人家，说刘琨志大才疏。其实，刘琨就算做得不错的了。

刘琨这个人，乍一听，好多人没什么印象。但是我提一个成语，您肯定就知道了：闻鸡起舞。

闻鸡起舞，说的是晋朝的大将祖逖。祖逖一听见鸡叫，就爬起来舞剑，锻炼身体。跟他一块儿舞剑的，是他的一个同学，就是咱们这位刘琨。

刘琨，说起来也是中山靖王刘胜的后代，跟刘备是一支上的。这人本来是个文人，是当时"二十四友"之一。

二十四友，那名气可太大了，有石崇，有陆机，有陆云，有左思，都是大名人。所以说，刘琨本来就不是什么正牌的武将。

您知道啊，当时西晋不是正内讧呢吗？搞"八王之乱"呀。趁着西晋这儿乱乎，匈奴、鲜卑、羯、氐、羌，这几个少数民族起来了。晋朝北方这点儿领土，有的就丢给少数民族了，有的就让晋朝的将领给占领了，弄得要多乱有多乱。刘琨也是倒霉，被派去当并州刺史。可是并州的大部分，当时已经不在晋朝手里了，在谁手里啊？后来建立后赵的石勒。

除了石勒，并州这儿还有鲜卑的好几个部落。刘琨带着一千老弱残兵，好不容易到了晋阳，就是现在的太原。到这儿一看，好家伙，晋阳城满地都是尸首，满大街跑狼，哪儿有人啊？

刘琨没辙，在晋阳驻扎下来，招兵买马，一点儿一点儿地恢复元气，苦心经营了好几年，总算在几股势力的夹缝里稳定下来了。

当时，中国北方几乎没有晋朝的地盘，就剩下刘琨一个人在这儿苦守。别人来打他怎么办呢？刘琨有脑子，成天挑唆各少数民族自相残杀。就靠这个，艰难地在这儿耗。

这样的人，怎么会让人觉得"志大才疏"呢？其实就是刘琨给晋愍帝的一封信闹得。刘琨也不知道抽什么风，在信里吹上牛了。当时，北方最强的两股势力，一个是汉国的刘聪，一个是石勒。结果刘琨信里说："聪、勒不枭，臣无归志。"意思是：要是不把刘聪、石勒灭了，我就不回去！

就因为这一句话，刘琨前边干了多少活儿，都算白干了，落了一个"志大才疏"的骂名。

有志向，是好事儿，可您光会说大话，那可不解决问题，还得实实在在下功夫。毕竟，火车不是推的，成绩也不是吹的。

19

熊孩子：有什么混蛋的爹，
就有什么混蛋儿子

儿孙自有儿孙福

莫为儿孙做马牛

最近我才听说，"哪吒到底是哪儿的人"这个话题在互联网上争议很大。

咱们都看过神话，知道哪吒出生在陈塘关。作为一个天津人，我理所当然地认为他应该是我们天津陈塘庄的人。可现在有人说，陈塘关在四川江油市，哪吒应该是个四川人。嗐，甭管陈塘关在哪儿吧，反正哪吒就是个神话人物，争论他的户籍所在地意义也不大。不过，这件事儿也反衬出了哪吒在中国人心中的地位可不是一般高啊！

哪吒是个问题儿童，打从娘胎生下来就开始惹祸，而且惹的都不是地上的祸。一会儿杀了东海龙王的儿子，一会儿射死了石矶娘娘的徒弟。像这样一个百分百无添加纯天然的熊孩子，为什么他还那么招大伙儿喜欢呢？我分析，有三个原因。

第一个，人家自己惹祸自己扛。当着世人的面，能以死谢天下。

第二个原因就是人家已经接受了劳动改造。燃灯道人拿出玲珑塔罩住哪吒，用三昧真火炼他，把他那混蛋劲儿炼去了不少。后来又随着周武王起兵伐纣，等于参加了当时的人民解放战争，属于戴罪立功了。

第三个原因是家里的大人管得住孩子。李天王手里老托着玲珑塔在那儿盯着哪吒呢，有啥事儿你告诉他，人家能保证孩子不犯第二回。

所以说，熊孩子不是问题，关键你得看大人怎么管。

孩子犯了错，大人永远有责任。您比如说，咱们之前讲过，唐朝的高阳公主跟房遗爱这小两口吵架，坊间传说是公主没被教育好，给家里大人丢了人。然后咱通过论证，给公主把这冤枉洗清了。事实证明，很有可能是房遗爱家里的大人没把孩子教育好，才导致他变成那个糊涂德行。用我们天津话说，是个"愣子"。

其实真要对比起来的话，房遗爱还不算最"熊"的，咱今天给大伙儿介绍一位大唐朝最熊的熊孩子，他有可能是有历史记载以来全中国最熊的熊孩子。

那这人是谁呢？他干了什么让我这么评价他呢？

咱们一点儿一点儿地说给大家听。

中学语文课本上有一首《蜀道难》，各位读者朋友，您还能不能背出来？能背的朋友回忆回忆，里面是不是有这么几句："所守或匪亲，化为狼与豺。朝避猛虎，夕避长蛇。磨牙吮血，杀人如麻。锦城虽云乐，不如早还家。"

好多人都说，李白这几句诗写得挺怪，写景不像写景，写人不像写人，好像是在影射谁。

在影射谁呢？有人说影射的是当时的朝廷，暗讽大唐朝奸臣当道。这个说法是否正确，我不好说，我想告诉大家的是，还有一种指名道姓的说法，说李白这几句诗，影射的是当时的剑南节度使——严武。

影射他干吗呢？您都知道李白有个好朋友叫杜甫。作为中国人，甭管上没上过学，都知道李白、杜甫，后世把他俩合称为"李杜"，或者"大李杜"。为什么加个"大"字呢？因为后面还有"小李杜"，指的是李商隐、杜牧。

别看合称"李杜"，但古往今来，知道李白的可比知道杜甫的多得多。不过自打有了语文教材，学生们，尤其是具有绘画天赋的学生，都爱在杜甫的画像上发挥一下天赋。说到这儿，咱们插句题外话，我不是跟各位拍老腔，咱们中国人讲究"敬惜字纸"，涂抹教材什么的，在咱们的文化里不是一个好事儿，咱得尊重文化人，何况人家杜甫是一个相当优秀的爱国诗人呢！

咱接着说李、杜。这俩人关系很近，是能睡在一张床上的好兄弟。李白这人，好交朋友，什么贺知章啊，孟浩然啊，王昌龄啊，都跟他是好朋友。当然了，杜甫朋友也不少，刚才咱说的严武就是其中之一。

四川有个杜甫草堂，那是杜甫流落四川时盖的房子。他一个穷诗人，肯定盖不起房子，帮他盖房的朋友就是这个严武。咱都知道杜甫的诗集叫《杜工部集》，因为杜甫做过检校工部员外郎。给他介绍这份工作的人，也是这位严武。

那位问了："要这么说，严武是个好人呀？"

看怎么说吧。要从他对杜甫的帮助来说，还真是挑不出毛病来！交朋友也就到这儿了，这就到头了！

那位说了："不对啊，听你们说相声的讲，交朋友到头是'托妻献子'啊。"

您要这么问，我还真没办法跟您较真。其实要按我们的说法，交朋友最高级别应该是像羊角哀、左伯桃那样，"二鬼战荆轲"。不过那属于神话级别了！咱们普通人交朋友，朋友帮你找工作，还给你弄套房，那确实是到头了。

而且我还跟您说，按严武的品性来说，绝对不能跟他"托妻献子"。为什么呢？您往下看。

一开始，严武确实对杜甫很好，后来慢慢地就不行了。严武这人最大的特点就是不是人脾气，说翻脸就翻脸，说瞪眼就瞪眼，而且瞪完眼就要杀人。当时的梓州刺史名叫章彝，也不知道是因为什么，就被严武恨上了。史书上没写二人结怨的原因，但不管是谁，只要被严武恨上，他就无论如何也得杀了你。

严武刚跟章彝翻了脸，前后脚又恨上了杜甫。杜甫家里排行老二，俩人关系近，所以平时严武都管杜甫叫"杜二"。杜甫这人呢，其实也挺不拘小节的，您想啊，能写出"白日放歌须纵酒，青春作伴好还乡"的人，肯定就不是那种特别老实严谨的性格。有一回严武到杜甫家里串门，杜甫出来迎接他的时候没戴帽子，严武看了就很生气，认为杜二不尊重自己。

大家都听说过汲黯进宫面圣的故事吧。当时汉武帝就是因为自己没戴帽子，所以汲黯进宫的时候，他就跑进里屋躲起来了。皇上会客都得遵守这个礼节，杜甫反而不把这个礼节当回事儿，确实不应该。可严武也是，您都管人家叫杜二了，人家戴不戴帽子又有什么呢？俗话说：家无常礼。俩人要真是好朋友，这算个事儿吗？！

结果俩人就因为这么一个芝麻大的事儿，闹别扭了！打那以后，严武对杜甫可是不如从前了。

杜甫这人，也是真的不长心。有一天，他去严家喝酒。喝多了，他就跑到人家内宅里面去，一歪身子就躺在严武的床上了。

躺就躺着吧，你老实躺着不就完了吗？不！借着酒劲儿，杜甫来了这么一句："严挺之怎么生了你这么个儿子啊！"

严挺之是严武的老爸，当年曾经官拜尚书左丞，主管朝廷的人事工作。为人最随和不过，谁提起来都得竖大拇指。对比之下，就更显得严武胸襟狭窄，容不得人！但咱们有一句说一句，杜甫这句话确实挺难听的，谁听谁都得别扭，更何况是严武！打那天起，严武算是正式把杜甫列到黑名单上了。

终于有一天，也不知道严武犯了什么邪病，把杜甫跟刺史章彝都给抓来了。人到了之后，他拎起宝剑就往外闯。

手底下人赶紧上前拦着："将军，将军，您息怒！"

"甭拦着我，谁拦我宰谁。"

要换旁人说这句话，你可以当它是句气话。但严武说就不一样了！你要再敢劝，他真能回手给你一下子！严武这句话一出口，所有人都躲开了，没人敢拦！严武大步就往门外闯，两边的人看得直发抖，心里说：完了，这哥俩算是交代了。

就在这个时候，戏剧性的一幕发生了——严武的帽子被门框给刮下来了！

他就是因为帽子的事儿跟人家置气，他自己不能也出这个问题啊。严武就赶紧低头去捡。也不知道是旁边哪个手疾眼快的人，趁他不注意，一下就把帽子给踢到远处了。趁着这个当口，这些下属、家人"呼啦"一下子都围上去了，说是替他找帽子，其实就是拖着他，不让他出门。

趁这个工夫，就有人跑进内宅去找严武的老母亲，让老太太给求个情。严母听说这事儿，吓坏了："杜甫啊！全大唐都知道的名人！造反的反贼都不敢轻易杀他，你说杀就杀？冤家，你就作祸吧！"

老太太赶紧出来拦住儿子，严武这才放过了杜甫。但是章彝不幸未能逃脱，严武命人将他乱棍打死。

您想啊，杜甫面对的是这样的环境，李白能不担心吗？所以才有人判断《蜀道难》可能就是他借题发挥，用来告诫自己好朋友杜甫的。

听到这儿，有人说了："你不是说要讲熊孩子吗？这都讲了多一半了，熊孩子呢？还不出来？"

出来了啊，就是严武。

"不对啊？他不是挺听他母亲的话吗？怎么还是熊孩子呢？就因为杜甫骂他不随他爹吗？"

我跟您说，严武有今天，倒霉就倒霉在他爹身上了。

严武对他妈还真是挺孝顺的。为什么呢？严武他爸严挺之有个小妾，很得宠。严武的母亲是正房夫人，天天被丈夫冷落，心里面难受，憋屈久了，就把心里的委屈跟儿子严武说了。

严武这人，脑子里面只有一个思维模式：惹着我你就得死。更何况这是亲妈受了委屈。有一天，严武看他爸爸上班去了，小妾自己在家睡午觉。他也不知道从哪儿踅摸来一把大铁锤，上去照着小妾的脑袋就是一锤，小妾当场毙命。

严挺之正上着班呢，突然来了个报信的："严大人，快回家看看吧。您家那少爷跟人逗着玩儿，错手杀人了！"

看到这段史料的时候，我特别佩服这个报信的——真能给人家开脱。官府还没说法呢，他先给定了性：小孩逗着玩儿，错手杀人。从法律上讲，这个说法就得值一顿板子，但是从人情上讲，还真不能说人家什么。

老爷子严挺之差点儿坐地上。严武是他的老来子，五十多岁才有的这孩子，现在听说孩子杀人了，骨头都酥了。严老爷子就赶紧问："杀的谁啊？"

"把您的小妾给杀了。"

"啊？"

严挺之瞬间不哆嗦了，满脑袋都是问号。

到了家一看，小妾死得挺惨。再看严武，跟没事儿人一样。严挺之把儿子叫过来问："你为什么跟你姨娘逗着玩儿，把人家杀了啊？"——这还给圆呢。没想到严武不接他爸爸的话荐儿，义正词严地说："天底下哪儿有国家大臣因为宠爱小妾而冷落正房的？我这不是逗着玩儿，她就该死。"

话一出口，严挺之张嘴说出一句话来："好样的！真是我严挺之的儿子！"——真是有什么混蛋的爹，就有什么混蛋儿子。

咱得交代一句啊。在古代，大户人家里的小妾被杀，不是新鲜事儿。小妾在古代是一个高危职业。虽然不至于说死了白死，可很少出现杀人偿命的情况。尤其严武说的那个理由，按当时的法律观念来分析，是立得住脚的。大臣家里的小妾争宠，大房还因此被冷落了，这叫"宠妾灭妻"。别说小妾要倒霉，连那个大臣都得被政府处理。

严武当时多大呢？八岁。

八岁的孩子，已经杀人不眨眼了，这是什么反社会人格？关键他那倒霉爹也是挺不会教育孩子的，你再怎么想保自己的孩子，也不能他杀人了还带夸的！

而且，会说的不如咱们会听的，严家那个小妾到底争没争宠，史书没写。

我分析，责任大概率在严挺之自己身上。所以说严挺之这人，做官很好，做男人就很失败，做父亲就更不够格。

这事儿最后到底是怎么解决的，史书没写。但有一点是很清楚，严武没有因为杀人受到任何惩罚。一年小二年大，慢慢地，严武也长大成人了。成人之后，他就开始更不干人事儿了。《太平广记》里面有一个故事，说的是严武干的另一件缺德事儿。

严武大了之后，不愿意听父母管教，自己在外边弄了一所宅院。他附近住着一位街坊，是个军官。姓什么叫什么？书里没说，只说这人在部队里是专门负责执法的。

军官家里有个闺女，长得很漂亮。严武看了一眼就迈不动步了，暗中给自己定了个小目标：无论如何，也得把这姑娘弄到手。

那位说了："老严家这高门大户，看上谁家闺女，大大方方提亲去啊？你爸爸尚书左丞，他们还能嫌弃你们家是怎么的？"

关键是严武当时已经有媳妇了，这闺女要是过门，只能是个小妾。

您要知道，把闺女聘到严家当正房夫人，那应该挺多人家都乐意，明媒正娶，准吃不了亏。可要说把闺女嫁给他们家做妾？回见吧您哪！谁知道你们把大铁锤藏哪儿了？！

尤其这位街坊本身也是个军官，这么漂亮的闺女，给谁当媳妇都没问题，干吗给你这惹祸精当小妾啊。严武回家一合计，觉得必须得采用不正当竞争手段了。他先花钱买通姑娘身边的人，请人家帮自己多制造机会。也该这姑娘倒霉，身边侍女没有一个不贪财的。慢慢地，这姑娘就发现，甭管是出门逛街，还是在家待着，老能跟一个人偶遇。这人是谁啊？不用问，严武。

要说严武，小伙子模样确实不错，也挺会来事儿。一来二去，就把姑娘给勾住了。终于有一天，严武把姑娘给勾搭到自己家了。时间长了，人家姑娘也不愿意老跟他不清不白地瞎混，要他给自己个说法。可他家里有老婆，没法给啊！最后严武让姑娘给挤对急了，实在没办法，拉着人家姑娘私奔了。

家里姑娘跟人跑了，娘家肯定不干！人家爸爸跟军法王章打了一辈子交道了，能吃这个亏吗？当时就找到严武他们家去了。

这还不算，姑娘爸爸还具表上奏，都闹到皇上那儿去了。皇上下旨，命令万年县衙追捕严武。

万年县是长安城的附郭县。什么叫附郭县啊？简单地说，别的县都有县城，这种县没有。它们的辖地一般都在它们上级单位的城市周围。比如说吧，咱拿北京举例子。清朝北京的地方衙门叫顺天府，它的衙门就在北京城，它下面还有很多县，其他的县都有自己的县城。但大兴县和宛平县的属地也在北京城这片，不能在北京城里面再给这俩县盖俩县城，所以它们的县衙门也在北京城里面。严武的那套房子就在万年县的辖区，所以皇上就给万年县下了圣旨。

皇上下旨追捕的，这叫钦犯，比所有通缉犯"待遇"都高，全国上下都得抓你。所以严武非常害怕。眼看风声越来越紧，情急之下，这主儿发狠了。你抓我是因为我把人家姑娘拐跑了。可这姑娘你要是找不到，那就跟我没关系了，对不对？就算逮着我，我也不承认。

那怎么才让大家都找不到这姑娘呢？

这天夜里，他把姑娘哄到船上，两人又是弹唱，又是饮酒。严武故意多灌了姑娘几杯。眼看姑娘不胜酒力，醉倒桌前，他就把姑娘弹唱时用的琵琶给拿过来了，扯断一根琴弦，用琴弦把姑娘活活勒死，随后抛尸河中。

您琢磨琢磨这人，实在是无可救药。

公元 765 年，年仅四十岁的严武病死了。当时他的老母亲还活着。别人家老太太一听说儿子死了，那都得心疼死。唯独这位严母，是长出了一口气："他可算是死了。"

那位说："他们家人怎么都这么不是人脾气啊？"

这您真得理解。老太太不是不心疼儿子，关键是他这儿子在四川一带是出了名的混蛋，虽然一直为朝廷开疆拓土，抵御外侵，可残害百姓的事儿，他严武也没少干！

当时唐朝跟吐蕃的关系一直不好，吐蕃屡次进犯，无人可挡。唯独严武在四川做官的时候，吐蕃被打得不敢俯视中原。据说吐蕃商人甚至都不敢进四川做买卖，都得绕远。所以说，严武对国家是有功的。

可他这脾气把四川百姓全都给祸祸惨了，他的老母亲每天都提心吊胆，万一有一天，儿子做的坏事儿被检举揭发了，他对百姓犯的每一条罪，都够抄家灭门的。他这一死，算是把全家都给保下来了。

我为什么说严武是中国古代第一熊孩子呢？

一个人，以爱作祸为乐，甚至自己的亲妈都盼他早点儿死，这不是第一熊孩子又是什么？

可话说回来，把他养育成这个样子的又是谁呢？如果当初严武在杀了父亲的小妾时就被处分、管教，那么长大成人以后的严武不至于变成这样。

把子女教育成民族英雄，这算当爹妈的最大的荣誉了。可是这孩子的能力再强，功劳再大，天天只会惹祸，这显然说明父母的教育是失败的。咱们教育孩子，讲究一个品学兼优，就算学习不好，也要让孩子培养出良好的品性。在这里，老郭要劝告各位家长一句：小树得砍，熊孩子得管。

20

英雄：十三将士归玉门

一等人忠臣孝子

两件事读书耕田

时间过得是真快啊！甭管好事儿、坏事儿，都禁不住风吹雨打。这几年咱们都挺不容易的，似乎风雨过后，总是又有风雨，但是您记住了，咱们中国人不缺韧劲儿，更不缺血性！

今天要给大家讲一个新故事，说到这个故事，我老是想起一个电影来——大导演斯皮尔伯格的《拯救大兵瑞恩》。

这片子当年风靡全球，现如今也堪称经典。电影剧本是根据事实改编的。说二战的时候，有一个老母亲，膝下有四个儿子，其中三个都战死在沙场上，就剩下一个小儿子瑞恩还在战场上为国杀敌。

盟军司令部得知此事，派出一个小分队，让他们把瑞恩找回来。小分队一路上是九死一生啊！经过浴血奋战，终于苍天不负苦心人，把瑞恩从战火中接了回来，让他们娘俩团聚。我记得当年这个电影结束的时候，多少观众都跟着掉眼泪，确实是非常感人。

您可能不知道，早在一千九百多年前的中国，也有一次类似的救援行动。其惊心动魄的程度，只会比这部电影强，不会差。与电影不同的是，史书上对这件事儿不是以救援人员为视角展开的，而是从被救的人的视角来记录的。

这件事情在中国浩如烟海的史料中只占小小的一段，但它却书写了中国人的血性和大义凛然。后世的艺术作品也刻画过这段往事，还给这段史实取了个让人热血沸腾的名字，叫"十三将士归玉门"。

　　说起"十三"这个数，好多人都不太舒服，觉得这个数不吉利。有个小笑话就跟这个数有关系。说一个人围着一口井转圈，一边转嘴里还一边念叨："十三、十三……"

　　不少人看着纳闷儿，这位爷这是练什么呢？八卦掌？不对啊。八卦当中"乾、坎、艮、震、巽、离、坤、兑"，就八个字啊！生肖拳？也不对啊，生肖是十二个啊！哪儿来的十三啊？

　　围观的人是越来越多，不一会儿，井边就站满了人。也不知道谁那么倒霉，人群往上一拥，一个人扑通一声掉井里了。这可把周围这些看热闹的给吓坏了，就在这时，转圈那位不念叨"十三"了，撩起眼皮看了一眼水井，嘴里念叨："十四、十四……"

　　笑话就是笑话，但是"十三"这个数，确实有说法。老外最腻味这个数，嫌不吉利。这里面有好多传说和讲究，咱们就不细写了。

　　咱们中国人好像不怎么嫌弃这个数。提到"十三"，最有名的说法就是"十三太保"。评书里说"十三太保"，那指的是《隋唐演义》里面靠山王杨林手底下的十三个干儿子。京剧里面一提"十三太保"，那指的是《珠帘寨》里李克用那几位少爷，不过人家这些少爷里，是有亲儿子，也有干儿子。"十三太保"在咱们国家是个褒义词，好词啊，透着那么一股威风凛凛的感觉！

　　除了"十三太保"，《隋唐演义》里面还有"十三杰"的说法。咱也不知道"十三"这个数怎么就那么招人喜欢。总之后世好多人都爱用这个数字作为名号。不过，咱今天说的故事里带"十三"，完全是凑巧，因为刚好就是那么多人。

　　"十三将士归玉门"这个名目，我看到的最早的出处，是左国顺先生的同名油画。还有没有更早的类似的说法，我就不知道了。

　　这件事儿在《后汉书·耿弇传》里有记载。耿弇这个人，您常听评书的话，可能知道。他是"云台二十八将"当中的其中一位。《东汉演义》

里说，耿弇的爸爸是同为云台二十八将的老将耿纯。据说这二十八人先后
投靠刘秀之后，还拜了把兄弟。但耿纯、耿弇是亲爷俩，不能磕头，不然
就是坟地改菜园子——拉平了。为此，耿弇自降一辈，"云台二十八将"
就变成了"二十七个爸爸和一个儿子"。其实这是艺术作品里的杜撰，历
史上，耿弇的亲爸爸其实是上谷太守耿况，他跟耿纯没关系。

不过，"云台二十八将"这个称呼，确实在历史上真的存在过，不过
是在刘秀称帝以后才有的。刘秀死后，他的儿子汉明帝刘庄为了纪念这些
将领，命画师在洛阳南宫云台阁精心绘制了二十八名元老的画像，这才有
了"云台二十八将"的说法。

耿弇在"云台二十八将"中排名第四，官至大将军。但是今天咱们故
事的主角并不是他，而是他的侄子耿恭。

耿恭，字伯宗。史书上说他"慷慨多大略，有将帅才"，这是很高的
评价了，按理说，耿恭也是将门虎子，像他这种身份，凭借他叔叔的关
系，谋个差使在家里"躺赢"到人生巅峰也很容易。可是耿恭没这么做，
他是靠自己的能力"出道"的。有人出去打仗，亲自上门请耿恭去帮自己
带兵，耿恭就是这么成名的。

您各位都知道，打仗那是要命的事儿，说死就死，请人帮着打仗，不
可能请个水货来。请个猪队友帮忙，还不把自己连累死？这也证明了耿恭
的能力，在当时就已经受到了他人的认可。

当时东汉王朝已经到了第二位皇帝手上，国力有所恢复，但国家周边
的威胁依然存在。老对手匈奴对中原的土地仍然虎视眈眈。早在汉武帝执
政时期，匈奴已经被狠狠地教训过一次了。匈奴王庭一直被赶到大漠以北，
在那儿躲躲藏藏了好些年。到了西汉末年，又出了个陈汤，假传圣旨攻击
匈奴，还把当时的匈奴首领给杀了。为什么西汉末年天下大乱，匈奴人没
过来捣乱呢？不敢来啊！

等他敢来了，新建立的东汉王朝也基本稳定了。匈奴和汉人，为了各

自的战略利益，一直在争夺西域的控制权。东汉之初，匈奴占了上风，控制了西域的土地。东汉王朝则一直想打破这种局面。永平十七年（74年），耿恭等人的几支部队降伏了西域的车师国。东汉重新设置西域都护，管理西域事务。耿恭奉命带领一支人马驻扎在金蒲城，这个城市就在今天的新疆吉木萨尔境内。一时间大汉的威风似乎又回来了。然而刚到了第二年，情况就急转直下。

永平十八年（75年）三月，匈奴人发来两万骑兵攻打车师国。耿恭先是派了三百人去救援。结果可想而知，不够人家塞牙缝的。三百将士一个不剩，全军覆没。接着，匈奴人又乘胜追击，攻打金蒲城！

我们要讲的故事就从这里正式开始。

战斗双方的实力是完全不对等的。耿恭手里面的兵总共也没多少人，还被人杀了三百，本就微薄的兵力还损失了这么多人！不光兵少，金蒲城是内无粮草，外无救兵。战斗还没开始，似乎输赢就已经定了。

但是剩下的这些大汉儿郎，并没有屈服。他们既不打算投降，也没有逃走，而是据城死守，跟匈奴人斗智斗勇。

耿恭先是在兵器上花了不少心思。他让人给自己部队装备的弩箭上涂了毒药，然后登上城头对匈奴人喊话："都给我注意了！我们大汉的弩箭都有神力，一旦被射中，你们的伤口肯定跟以前不一样。不怕死的过来试试！"

您要是不信，可以去看《后汉书》，原文是"汉家箭神，其中疮者必有异"。

人家匈奴人也不是面捏的，能被你吓唬几句就逃跑吗？就有那不信邪的往前猛冲，结果不少人都中箭了。匈奴人发现，完了，汉人还真实诚，没骗我们啊！被箭射中以后，伤口血流不止，不像往常，只要伤口不大，血液慢慢就凝固了！这么一来，匈奴部队的士气就难免涣散了。这还不算，老天都帮大汉的忙，连着好几天狂风暴雨，汉人这边还顺风。弩箭顺着风，射程更远。匈奴人一下子就吓傻了，真以为汉人有神仙相助，当时就决定退兵了。

撤退归撤退，人家可没走远。匈奴人也不是光会蛮干。我一时打不下你来，那我就采取第二招：围困。

有道是"功高者莫过于救驾，计毒者莫过于绝粮"，匈奴人不仅断了耿恭部队的粮草，还断了金蒲城的水源，弄得全城老少口渴得要命。您猜都到什么程度了？士兵只能依靠马尿解渴，后来马尿也没有了，就把马粪榨出水来喝！都到了那种程度了！

耿恭一看，这可不行，于是下令让士兵挖井取水。眼看都挖了十五丈（近五十米）了，井里还是不出水。这一下，军心不稳了。但是耿恭并没有失去信心，他带着军民一起向天祈祷，也是天意不绝大汉，奇迹发生了！搁置了一段时间后，士兵挖的井里竟然涌出了甘泉！

那位说了，你这是不是宣传迷信啊？

我跟您说，《后汉书》上白纸黑字写得明白："乃整衣服向井再拜，为吏士祷。有顷，水泉奔出，众皆称万岁。"

是不是史书有意夸大实情啊？我跟您说，史书有没有夸大，我不敢打包票，但是这个世间有它的科学原理。金蒲城城外本来是有河的，匈奴人把河水断了，水就开始往地下渗。地下水越来越多，土壤湿度就越变越大，但在干旱的金蒲城，想把井打到含水层可没那么容易，我猜测，十五丈深的井应该已经接近含水层，但还没有真正深入进去，只能靠祷告拖延时间，让地下水慢慢往上渗。这也是一开始打井不见水，后来慢慢又有了水的原因。

有了水之后，耿恭的坏劲儿又上来了。他让人拿着水站在城头往外泼。那意思就是："看见了吗？我们有水，哎，洒着玩儿，也不心疼。"

写到这儿，咱们插一句啊，得跟读者们说清楚。人家这是打仗，两军对垒的时候，这也算是一种心理战，平时可不能这么浪费水。

不过这招确实管用。这一下子更让匈奴人震撼了。金蒲城里这是有神仙啊？匈奴人想了想，决定暂时延缓对金蒲城的攻势，转回身把主要精力放在了进攻车师国上。这个车师国是真不够意思，一看苗头不对，赶紧来个一百八十度大转弯，扭头倒向了匈奴这边。好在这车师国也有没丧良心的，有人出头帮忙了。

历史上，冲锋陷阵的往往是男性，然而这场战役中却出现了一位女英雄。这位女英雄不是别人，正是车师国的王后。

因为历史资料有限，我们无法得知这位女英雄姓什么叫什么，史书上只交代了她的背景：这位王后有汉族血统，对汉军抱有极大的同情，暗地里没少帮耿恭这一帮人的忙。传递情报什么的就不用说了，还三不五时偷着送点儿军粮过来。这就有点儿像样板戏《沙家浜》里面的阿庆嫂了。要知道此时的车师国已经投降匈奴了，她这么做是冒着很大的风险的。这绝对是一位巾帼英雄！

不过，军队里有那么多人，车师王后送的那点儿粮食只能算是杯水车薪。眼看城里实在没有吃的，士兵就把弓弩上、铠甲上的皮筋煮熟吃掉。即便如此，将士们也团结一心，坚决不肯投降。

但是匈奴人觉得时候差不多了，他们组建了个使团，前来说降。

使者先在城下对耿恭喊："老乡们，出来吧。我们匈奴不抢粮食！"说错了，不是这么喊的。东边来的军队才这么喊呢。《后汉书》原文记载，使者是这么说的："若降者，当封为白屋王，妻以女子。"

什么意思呢？简单地说，就是"要官给官，要钱给钱，要媳妇给媳妇"。

那耿恭是怎么做的呢？耿恭的态度很和善，乐得跟要咬人似的："您快上来吧，有事儿我跟您单聊。"

使者一听，有戏啊！没想别的，当时就进了城，登上城头，面见耿恭。

耿恭是个狠人，见了匈奴使者，二话没说，徒手将来人活活打死，又把死尸架在城头给烤了。使臣的手下在城下看得清清楚楚、明明白白，也是真没出息，咧开大嘴，哭着就走了。

要知道，中原汉人向来讲究"两国交兵，不斩来使"。耿恭这么做，并非是不懂得礼仪礼法，而是为了表明态度：这一仗我们有死无生！这座城我们守得住，要守！守不住，我们也要守！有能耐你就进来把我们全杀了！指望我们屈膝投降，那是痴心妄想！

就这么刚烈，就这么狠。

眼下的形势也确实不乐观，虽然耿恭手下的将士个个骁勇善战，但敌我力量毕竟悬殊，金蒲城又没有粮草。照此发展下去，汉军必败。

然而谁也没有想到，就在耿恭打算以死报国的时候，东汉朝廷派的援兵到了。

其实朝廷早就知道耿恭等人的处境了，可是，该着他们倒霉，东汉王朝在这一年发生了一件大事儿，皇上驾崩了！

公元 75 年，东汉的第二位皇帝汉明帝去世，汉章帝即位。新皇登基，首要任务肯定是稳定朝中局势，对于是否救援耿恭这一路人马，王公大臣们分了两派。有人主张不救，不救的理由，史书上没说。但是另一派主张救援的理由，史书却详细地记录了下来。

主张救援的代表人物，是时任司徒的鲍昱。他向皇上列举了三条必须救援耿恭的理由：

第一，如果不救，就会骄纵匈奴，让他们以为大汉可欺，未来他们会没完没了地来骚扰大汉。

第二，如果不救，会寒了将士们的心，倘若匈奴再次袭来，还有谁会愿意为国效力？

第三，匈奴现在已是强弩之末，只要安排好，救援成本不会很高，而且成功率很大。

最终，鲍昱打动了新即位的汉章帝。汉章帝下令，派七千人，兵分两路，先攻打出尔反尔的车师国，然后以此为据点，救援困守孤城的耿恭所部。

救援部队很能打，战果十分显著，不但迅速消灭了车师国的主力，还缴获了不少物资，逼得车师国再次向汉朝投降。

此时耿恭这边也听到汉朝援兵将至的消息了。耿恭大喜，派出手下一个叫范羌的人当使者，去请汉朝的援兵。范羌到了以后，出现了一个很尴尬的场面，甚至都不能算尴尬了，依我看，这纯粹就是丢人——居然没有人敢去救援耿恭！

皇上有旨意，不能不救啊！最后救援部队分给范羌两千兵马，让他自己带着兵把耿恭接过来。

我估计啊，范羌这一趟是骂着街走的，不过人不能不救，最后他还是带着这两千人马出发了。

当时车师国下起了大雪，回去的路非常不好走，部队行军的速度也只能被迫放缓。走到离金蒲城不远的时候，城里的守军听到了马嘶声，还以为是匈奴人卷土重来了呢。耿恭率领手下再次登上城墙，准备与匈奴决一死战。就在这个时候，范羌朝城里大喊："耿将军，我是范羌！率领大汉军队来接你了！"

一时间，城中军民高呼"万岁"。士兵立刻打开城门，守军与援军抱在一起，痛哭流涕！

接到了耿恭，两千多人开始往回走，但匈奴人也不可能就这么放弃，途中不断地派兵挑衅。汉军且战且走，终于在建初元年（76年）三月，回到了大汉的玉门关。这场战斗历时一年，去年三月匈奴攻打金蒲城的时候，耿恭手下还有几百人。等到范羌领兵接他们出来的时候，这几百人死得就剩二十六个人了。一路走一路杀，等回到玉门关一看，二十六人又死了一半，仅剩下皮包骨头的十三个人了。

这就是历史上有名的"十三将士归玉门"。

在中国历史上，有无数可歌可泣的传奇故事。但是没有哪一件比"十三将士归玉门"更令我心潮澎湃。可以想见，玉门关下那十三个人是什么样子，《后汉书》形容他们"衣屦穿决，形容枯槁"，简直就是十三个叫花子。但即便如此，如果我们能够穿越时空，来到玉门关下，看到这十三位英雄的时候，那种激动、崇拜的心情，恐怕也不是文字所能形容得了的。

"明犯强汉者，虽远必诛。"横跨四百多年的两汉留下了这句民族最强音。这句话体现的不是狭隘的民族主义，而是强大的民族自信。"十三将士归玉门"就是最真实、最清楚的现实例证。